Max Kruse

Das silberne Einhorn

PIPER

Zu diesem Buch

Das Leben der Prinzessin könnte so schön sein, wäre da nicht ihr Vater, der traurige König. Seit dem Tod seiner geliebten Frau kann er nicht mehr lachen, und als der König bei einer Einladung die mächtigste Fee vergisst, rächt sich die mit einem bösen Fluch. Erlösung kann es nur geben, wenn die Prinzessin ihr ein silbernes Einhorn bringt, doch das ist leichter gesagt als getan, denn auch im Märchen gibt es längst keine Einhörner mehr … Doch eines Tages taucht ein silbernes Zwergeinhorn mit blitzenden Hufen und feucht schimmernden Nüstern im Schlosspark auf. Gemeinsam mit dem Fabeltier und ihrem Freund, dem Müllersohn, tritt die Prinzessin die weite Reise zur Zauberin an. Sie begegnen Riesen und Rittern, Sternguckern, Dichtern und wilden Tieren. Und sie bekommen Antwort auf die ganz großen Fragen: Ist jeder, der etwas verändert, ein Zauberer? Kann das Schöne nur in Freiheit schön sein? Ist der, der noch wünscht, glücklicher als andere? Voller Weisheit erzählt Max Kruse von den wichtigen und den unwichtigen Dingen im Leben und wie man sie voneinander unterscheidet.

Max Kruse, geboren 1921 in Bad Kösen an der Saale, baute nach der Enteignung in der DDR die Puppenwerkstätte seiner Mutter Käthe Kruse in Westdeutschland wieder auf. Bekannt wurde er vor allem durch Kinder- und Jugendbücher wie »Der Löwe ist los« oder »Urmel aus dem Eis«. Max Kruse wurde mit dem Bundesverdienstkreuz und dem Großen Preis der Deutschen Akademie für Kinder- und Jugendliteratur ausgezeichnet. Heute lebt er mit seiner Frau im bayerischen Loisachtal.

Max Kruse

Das silberne Einhorn

Eine Geschichte vom Wünschen

Piper München Zürich

Mehr über unsere Autoren und Bücher:
www.piper.de

MIX
Papier aus verantwortungsvollen Quellen
FSC® C014496

Ungekürzte Taschenbuchausgabe
Piper Verlag GmbH, München
April 2013

Umschlaggestaltung: Cornelia Niere, München
Umschlagabbildung: »Sight« (tapestry) by French School/The Bridgeman Art Library/Musee National du Moyen Age et des Thermes de Cluny, Paris
Satz: Christina Krutz Design, Riedstadt
Gesetzt aus der Cochin
Papier: Munken Print von Arctic Paper Munkedals AB, Schweden
Druck und Bindung: GGP Media GmbH, Pößneck
Printed in Germany ISBN 978-3-492-30105-3

Die Fee

Diese Geschichte fängt an wie ein Märchen, das wir alle kennen. Und wie alle Märchen erzählt sie uns etwas über uns, was wir vielleicht noch nicht wissen.

Es war einmal ein König und der war sehr traurig, denn seine Frau war gestorben, als sie ihm eine Tochter geboren hatte.

Aber als die kleine Prinzessin ein Jahr alt wurde, wollte der König ihren Geburtstag doch feiern und lud dazu viele Gäste ein: Könige, Fürsten, Barone, Feen, Äbtissinnen, Tänzerinnen, Geheimräte und viele andere mehr. Herren und Damen. Musikanten spielten. Die besten Köche kochten, schmorten und buken. Spät nachts sollte es eine turmhohe Torte mit tausend Kerzen geben. Dummerweise hatte der König vergessen, eine mächtige Fee einzuladen. Gerade als das Fest auf seinem Höhepunkt war und sich alles auf die turmhohe Torte freute, erschien diese Fee in der

Tür. Da erloschen alle Kerzen. Es wurde düster. Die Musikanten hörten auf zu spielen. Es donnerte und blitzte. Ein stürmischer Wind blies. Die Seidenröcke wehten und die Perücken flatterten.

Die Haare der Fee flammten fuchsrot. Ihre Augen funkelten wie Kristalle. Mit stürmischen Schritten trat sie in den Saal und rief:

»König, du hast mich gekränkt! Du hast mich nicht eingeladen! Deshalb verwünsche ich dich! Alle Freude sei aus deinem Reich verbannt. Es soll keine festliche Musik mehr erklingen. Deine Burg soll zerfallen. Kein zweites Mal wird dich eine Königstochter heiraten. Man soll dich den traurigen König nennen!«

Die Gäste fürchteten sich und suchten Schutz unter den Tischen und hinter den Möbeln.

Der König stand allein in der Mitte des Saales. Er wusste, wie furchtbar dieser Fluch für sein Land war. Es war das Schlimmste, was passieren konnte. Denn man kann arm sein – solange man fröhlich ist, ist es nur halb so schlimm. Wenn man aber traurig ist, hilft einem alles Geld der Welt nichts!

Der König nahm jedoch all seinen Mut zusammen. Er befahl, die kleine Prinzessin zu ihm zu bringen. Das geschah. Der König flehte die Fee an: »Verzeih! Es war nur ein Versehen! Sieh dieses Kind. Es ist schuldlos. Es weiß noch nichts von dieser Welt. Es hat nichts Böses getan. Nimm deine Verwünschung zurück, um seinetwillen!«

»Nein!«, sagte die Fee.

»Ich bitte dich«, rief der König.

Bei dem Wörtchen »Bitte« zuckte die Fee zusammen. Ihr Fluch begann ihr ein wenig leid zu tun. Sie sagte: »Bitte ist zwar ein Zauberwort. Aber es gibt ein Gesetz der Feen, Zauberer und Geister. Sie können eine einmal ausgesprochene Verwünschung nicht wieder zurücknehmen, sie muss erfüllt werden.«

»Gibt es denn gar keine Ausnahme?« Der König ließ sich auf ein Knie nieder und hob ihr das Mädchen entgegen. »Bitte!«, rief er noch einmal.

»Nein, nein und nochmals nein, König! Ich kann meinen Fluch nicht unausgesprochen machen. Ich kann ihn nur abmildern. Also höre: Ich ziehe mich jetzt auf eine Insel im südlichen Meer zurück. Dort habe ich viele Tiere zu meiner Gesellschaft. Mir fehlt nur ein Einhorn. Nur das Einhorn besitzt einen Zauber, der mir zu Herzen geht. Sobald mir deine Tochter ein silbernes Einhorn bringt, sollst du erlöst werden.«

»Aber es gibt doch kein einziges Einhorn mehr«, rief der König unglücklich. »Und wie viel weniger ein silbernes!«

»Kann sein, kann auch nicht sein«, antwortete die Fee. »Jedenfalls wünsche ich es mir mindestens so sehr, wie du dir wieder eine Frau wünschst und wie sich deine Tochter einmal wünschen wird, nicht mehr allein zu sein. Wäre es so einfach, ein Einhorn zu finden, müsste ich es ja nicht von dir verlangen. Aber ich warne euch auch. Jeder, der den Fuß auf meine Insel setzt, ist in Gefahr, sich zu verändern und in anderer Gestalt für immer dort bleiben zu müssen – als Baum, als Schlange, als Vogel oder als ein anderes Tier. Das gilt auch für deine Tochter!«

»Auch für meine Tochter?«

»Auch für die Prinzessin!« Während sie dies sprach, ließ die Fee es noch einmal heftig donnern. Von der Decke des Tanzsaales bröckelte der Putz. So begann der Verfall.

Seit diesem Tage wurde nicht mehr gefeiert. Schwerer Kummer legte sich auf das Herz des

Königs und drückte ihn nieder. Bald nannte man ihn nur noch den traurigen König. Der Park verwilderte. Die Mauern verfielen. Die Fensterscheiben wurden blind, in der prächtigen Bibliothek legte sich der Staub in dicken Schichten auf die Tausende von Büchern, in denen das Wissen gesammelt war.

Die Prinzessin wuchs. Sie war viel allein. Wie sehr wünschte sie sich einen Bruder oder eine Schwester! Wenigstens gab es nahe beim Schloss eine Mühle. So konnte sie manchmal mit dem Müllerjungen spielen. Leider nur selten, denn ihr Vater, der König, sah es nicht gern, dass seine Tochter mit einem Müllerjungen zusammen war. Darin war er genau so töricht wie viele anderen Väter.

Seit dem Fest und dem Fluch der Fee war es immer einsamer in der Burg geworden. Viele Diener verließen das Haus. Der stolze Bau zerfiel. Die Möbel verstaubten. Es wurde ein trauriges Königreich. In den Städten, in den Dörfern und Bauernhöfen wurde es still. Nirgends gab es mehr vergnügtes Markttreiben, nirgends mehr eine lustige Kirchweih. Reisende machten einen großen Bogen um dieses Königreich, in dem alles freudlos war! Und wer traurig ist, verliert seine Freunde.

Nur die Müllerin behielt ein frohes Herz. Aber sie war eine Ausnahme.

Manchmal, wenn ihr Vater nicht auf sie aufpasste, und das geschah immer öfter, ging die Prinzessin heimlich zur Mühle. Leider hatte der Müllerjunge nur selten Zeit. Er musste seiner Mutter helfen, denn diese hatte keinen Mann mehr. Der Müller war in der Mühle zu Tode gestürzt. Außerdem fürchtete die Müllerin den Unwillen des Königs, denn sie wusste wohl, dass er der Meinung war, der Müllerjunge sei nicht der richtige Spielgefährte für eine Prinzessin.

Der König und die Müllerin dachten beide an das Sprichwort: »Schuster bleib bei deinem Leisten.« Nur müsste es hier heißen: »Prinzessin bleib bei deinen Perlenketten« oder »Müller bleib bei deinen Mehlsäcken«.

In all der Zeit ließ der König in den Wäldern nach einem Einhorn suchen. Es sollte lebendig gefangen werden. Es durfte ihm kein Leid geschehen. Doch alle Mühe war vergebens.

Die Prinzessin

Einmal war die Prinzessin mit dem Müllerjungen im Wald. Sie spielten an einem Weiher. Die Prinzessin rutschte aus und stürzte ins Wasser. Sie konnte noch nicht schwimmen. Sie wäre ertrunken, hätte der Müllerjunge sie nicht herausgezogen. Blass und tropfnass stand sie vor ihm und sagte: »Du hast mir das Leben gerettet. Nun hast du einen Wunsch frei. Was immer es sei, ich will es erfüllen, wenn es in meiner Macht steht.«

Sie nahm einen kleinen, glitzernden Stein vom Boden auf: »Gib mir dann diesen Stein zur Erinnerung. Es soll mir schlecht gehen, wenn ich mein Wort breche.«

Und so kam der Tag, an dem diese Geschichte richtig beginnt.

Das silberne Einhorn

Der König saß an einem Marmortisch. Die Tischplatte hatte einen Sprung. Der König legte sich selbst die Karten. Er wollte wissen, was ihm die Zukunft bringen würde. Da kam die Prinzessin herein. Sie war wieder einmal betrübt. Sie trug kein Seidenkleid und keine goldenen Schuhe. Sie trug feste Sandalen und einen derben Rock. Sie fragte ihren Vater: »Was soll ich nur machen, so ganz allein?«

Er murmelte: »Ich bin auch allein. Komm her, ich gebe dir einen Kuss. Dann geh in den Park und lass mich in Ruhe!«

Die Prinzessin reckte den Hals, der König küsste sie auf die Backe und sie ging. Die Tür fiel krachend hinter ihr zu. Es zog ja überall. Viele Fensterscheiben waren gesprungen. Die Prinzessin ging langsam durch den Flur und die Treppe hinab. Sie trat in den Park. Hier wuchs Unkraut, auch auf den Wegen. Die Prinzessin wanderte lustlos zwischen den wilden Rosen und Sträuchern zu einer Wiese. Da stand das Gras hoch. Dahinter war der Park zu Ende. Dort war die Mauer, die an vielen Stellen schon ganz verfallen war. Oft kamen Rehe aus dem Wald. Sie kletterten über die Steine und knabberten an den Rosenknopsen. Manchmal kamen auch Hasen oder sogar Wildschweine.

Die Prinzessin ließ sich ins Gras fallen. Sie legte die Arme unter den Kopf. Sie guckte in den Himmel. Da strichen zwei Schwäne mit klatschenden Flügelschlägen dahin. Die weißen Wolken sahen aus wie Mehlstaub. Da dachte die Prinzessin an den Müllerjungen und ob sie ihn nicht wieder einmal besuchen sollte. Und sie dachte, wie glücklich sie sein würde, wenn ihr Vater wieder froh werden würde.

Wie sehr wünschte sie sich das!

Da sah sie ES.

Sie war so entzückt, dass sie kaum noch zu atmen wagte. Sie bewegte sich auch nicht, dafür aber öffneten sich ihre Augen und wurden riesengroß.

Das kleine Tier war nicht einmal scheu. Es stieg durch die Lücke in der Mauer. Es hob die zierlichen Läufe. Seine Hufe blitzten. Sein Fell war silberweiß. Es richtete lauschend die Ohren auf. Es streckte den Kopf ein wenig vor, seine Nüstern waren schwarz wie Ebenholz und schimmerten feucht. Seine Augen waren tiefdunkel und rätselhaft. Aber das Schönste war natürlich sein Horn. Es wuchs kunstvoll gedreht aus der Stirn und war wie aus Perlmutt.

Langsam kam es näher. Alles, was es mit seinen zierlichen Hufen berührte, klang als sei es aus feinem Porzellan. Alle Blumen, Gräser und Sträucher musizierten.

Es kam ganz nahe. Es neigte das Haupt. Das Perlhorn zeigte nach unten. Das Tierchen scharrte mit einem Huf. Behutsam berührte die Prinzessin das Fell. Es war seidenweich. Sie streichelte es und ein süßer Duft stieg daraus empor. Die Finger der Prinzessin glitten durch die lange silberhelle Mähne. »Hör nicht auf mich zu streicheln«, bat das wunderbare Tier. Es hatte eine Stimme wie Samt.

So verging einige Zeit, schweigend. Endlich aber wagte die Prinzessin doch zu sprechen. »Wieso kannst du reden?«, fragte sie.

»Weil ich ein Fabeltier bin«, war die Antwort.

»Dichter, Märchenerzähler und Sänger sind meine Väter. Von ihnen lernte ich das Sprechen.«

»Ich hatte mir dich viel größer vorgestellt«, sagte die Prinzessin.

»Ich bin ein kleines Einhorn«, war die Antwort. »Ich bin ein silbernes Zwergeinhorn.«

»Darum bist du besonders schön.«

»Ja, das Kleine hat großen Zauber.«

Die Prinzessin überlegte. Sie streichelte das Wundertier über den Hals, über die Kehle, über den Rücken. Es hatte kleine Wirbel. Sie fuhr über seine Mähne. Das war wie durch glitzernde Fäden.

Über ihnen hockte ein Rabe. Er schaukelte in einem Baum. Er war kohlschwarz.

»Warum bist du gekommen?«, fragte die Prinzessin das silberne Einhorn.

»Dein Herz hat mich gerufen.«

Die Prinzessin nickte. Sie dachte an ihren traurigen Vater. »Wir brauchen dich«, sagte sie leise.

»Vielleicht war es das! Gebraucht zu werden hat eine große Macht.«

»Würdest du mit mir zu ihm gehen?«

»Wenn du es möchtest! Du hast Macht über mich. Doch es ist keine unbeschränkte Gewalt.

Die Macht der Liebe ist groß, sehr groß, aber auch sie hat ihre Grenzen.«

»Was meinst du damit?«

»Du kannst alles tun, denn ich habe mich in deine Hand gegeben, aber wenn du das ausnutzt, nimmst du mir meine Freiheit.«

Die Prinzessin sagte: »Das verstehe ich nicht.«

»Das macht nichts! Das kommt noch!« Das Einhorn erhob sich anmutig, schüttelte seine Mähne und peitschte mit seinem Schweif. »Gehen wir!«

Die Prinzessin sprang auf. Der Rabe über ihnen flog mit einem heiseren Krächzen davon.

»Darf ich meine Hand auf dich legen?«, fragte die Prinzessin. Das schöne Tier reichte ihr noch nicht einmal bis zur Hüfte, so klein war es. Es nickte, und dann ging die Prinzessin mit ihm über die zugewachsenen Wege. Schmetterlinge flatterten von Blüte zu Blüte. Aber der Springbrunnen lag still, Pflanzen bedeckten den Wasserspiegel. Es gab nur noch ein winziges kristallklares Stück. Das Einhorn senkte seinen Kopf, um sich selbst zu betrachten.

»Ich bin richtig hübsch«, meinte es fröhlich.

»Wusstest du das noch nicht?«, fragte die Prinzessin.

»Ich hatte es vergessen.«

»Du bist ja eitel!« Sie lachte.

»Aber ja doch!« Das Einhorn ließ ein Schnauben hören. »Wer schön ist, ist auch eitel – es sei denn, die Schönheit macht ihn traurig.«

»Warum sollte sie ihn traurig machen?«

»Weil alle Schönheit einmal vergeht!«

Da rief die Prinzessin: »Ich habe dich sehr lieb. Und das vergeht nicht!«

»Ich habe dich auch lieb«, antwortete das Einhorn.

Der König

Vor ihnen erhob sich das Schloss. Im Dach klafften Löcher. Aus den Türmen brachen Steine. Die Fenster waren blind oder zersprungen. Der Putz bröckelte. Sie kamen an das Tor und in die Eingangshalle. Die Hufe des Einhorns klangen hell auf den Klinkersteinen. Sie stiegen die Treppe empor. Viele Stufen wackelten. Die Prinzessin öffnete die Tür, und ein Windstoß fuhr durch den Saal und blies die Spielkarten des Königs vom Tisch. Der König warf sich darüber, um sie festzuhalten.

»Papa, hier ist das silberne Einhorn!«, rief die Prinzessin.

»Na, das ist aber mal eine Überraschung«, antwortete der König. Er staunte so sehr, dass er die Spielkarten vergaß.

»Es hat sich in meine Hand gegeben«, fuhr die Prinzessin fort.

»Die Überraschung wird immer größer«, antwortete der König und setzte leise hinzu: »Wie wunderbar!« Er meinte damit das schöne Tier. Er konnte seine Augen nicht von ihm lassen. Es stand ruhig vor ihm, senkte den Kopf ein wenig und seine Augen, die von langen Wimpern umsäumt waren, schimmerten.

Endlich, nach einer langen Weile des Staunens, sagte der König – und er sagte es wie träumend: »Einhorn, du könntest uns einen großen Dienst erweisen.«

»Ich weiß! Überall singen die Spielleute von dem traurigen König, überall, sogar in den fernsten Ländern schreiben die Dichter darüber und weise Frauen erzählen es ihren Enkeln. Die Menschen lieben Geschichten von traurigen Herrschern.«

»Erzählen sie auch, wie die Geschichte ausgeht?«

»Nein, denn den Schluss kann nie einer kennen.«

»Aber würdest du uns zu einem guten Ende verhelfen?«

Da antwortete das Einhorn: »Niemand weiß, ob er wirklich helfen kann, aber man muss es versuchen. Nur müsst ihr wissen, dass Gefahren lauern. Der Weg zur Insel der Fee im südlichen Meer ist weit. Und überall bin ich bedroht.«

»Warum holt dich die Fee nicht selbst?«

»Das wäre nicht das Richtige«, antwortet das Einhorn. »Ich muss schon selbst zu ihr kommen und dabei weder Mühe noch Gefahr scheuen. Keine Liebende kann glücklich werden, wenn der Geliebte nicht freiwillig kommt.«

»Das verstehe ich nicht«, sagte die Prinzessin.

»Das macht nichts«, antwortete das Einhorn.

Der König seufzte: »Ich verstehe es schon! Für den Liebenden trifft das genau so zu.«

Das Einhorn sagte: »Lange Zeit war ich wie tot. Ich weiß nicht, ob es nur zehn oder hundert oder sogar tausend Jahre waren. Ein Dichter erweckte mich zum Leben, aber er konnte es nur, weil es gewünscht wurde.«

»Das verstehe ich schon wieder nicht«, sagte die Prinzessin.

»Und das macht wieder nichts, es kommt schon noch«, entgegnete das Einhorn. »Jede Blume braucht Wasser, braucht Sonne und frische Luft, sonst kann sie nicht gedeihen. Und alle Menschenkinder brauchen Liebe. Dass ich gebraucht werde, ist für mich so nötig wie Luft, wie Sonne und Wasser. Nun bin ich hier.«

»Und das heißt, dass dich die Prinzessin zu

der Fee bringen kann, auf die Insel im südlichen Meer, und ihr sagt: ›Es sei dein Eigen.‹?«

»Sie darf es sagen, aber ich werde niemals jemandes Eigentum sein«, erwiderte das Einhorn. »Das ist es, was ich der Fee sagen werde und was sie mit ihrem Herzen verstehen muss. Wenn sie das versteht, wird sie den Bann lösen können.«

»Hoffen wir es!« Der König schüttelte mutlos den Kopf. »Diese Fee ist hartherzig. Sie wird dich nicht verstehen.«

»Wir lernen alle«, sagte das Einhorn. »Durch das Lernen geschehen Wunder. Jeder, der auf dieser Erde lebt, hat eine verletzliche Stelle. Auch können Bitten ein Zauber sein.«

»Ach«, sagte der König. »Das habe ich schon vergeblich versucht.«

»Es kommt darauf an, wer bittet, für wen und aus welchem Grunde«, erwiderte das Einhorn. »Das ist das Geheimnis!«

»Ach, ich verstehe«, murmelte der König. Er sagte es mehr zu sich. »Du meinst, die Bitte darf nicht eigennützig sein!«

»Jedenfalls nicht ausschließlich«, antwortete das schöne Tier. »Und noch etwas müsst ihr wissen. Nichts ist wirklich vorhersehbar. Jeder Tag bringt eine neue Überraschung. Vielleicht ist ja die Fee damit zufrieden, dass ich einmal komme, und verlangt nicht, dass ich immer bei ihr bleibe.«

»Glaubst du das selbst?«

»Dann wäre sie weise«, meinte das Einhorn. »Sie hätte die Weisheit der Liebe. Denn nie bleibt ein Lebewesen für alle Zeiten bei einem anderen. Nichts ist von Dauer.«

Der König seufzte erneut und nickte. »Wie wahr!«

»So werden wir gehen«, sagte das Einhorn.

»Aber geht nicht alleine«, rief der König. »Du selbst hast von den vielen Gefahren eures Weges gesprochen. Man wird dich zu fangen versuchen. Es gibt Räuber und wilde Tiere, es gibt Zauberer und Riesen. Oh, könnte ich euch doch von Rittern begleiten lassen!«

Das Einhorn wehrte ab: »Keine Ritter!«

»Ich habe sowieso keine Ritter mehr«, meinte der König da. Es war ihm gerade noch rechtzeitig eingefallen.

Die Prinzessin überlegte.

»Der Müllerjunge soll mit uns gehen! Er kann auf Bäume klettern und Ausschau halten. Er kann mit den Bauern in ihrer Sprache reden, er kann die besten Wege erkunden, er kann singen und uns aufmuntern.«

»Aber er ist doch nur ein Müllerjunge ...«, murmelte der König. Er runzelte die Stirn.

»Er ist tüchtig und treu«, sagte die Prinzessin.

»Nun gut, ich habe schließlich niemand anderen, also ist es wohl immer noch besser, er begleitet euch, als wenn ihr alleine geht«, sagte der König. »Lebe wohl, mein Kind. Nun wird es noch stiller auf meiner Burg werden. Wie sehr fehlen mir kluge Leute zur Unterhaltung, wie sehr fehlen mir Sänger, Gaukler, Sterndeuter und fahrende Ritter.«

»Wenn die Fee ihren Zauberbann gelöst hat, dann wird hier wieder das fröhlichste Leben herrschen«, rief die Prinzessin.

»Aber am meisten fehlt mir doch eine Frau«, murmelte der König. Er sagte es so leise, dass er meinte, die Prinzessin hätte es nicht gehört. Aber da hatte er sich geirrt. Der König umarmte seine Tochter und küsste sie. Er streichelte das silberne Einhorn. Dann gingen die beiden. Als sie über die morsche Zugbrücke kamen, schauten sie in den verwilderten Burggraben. Vögel flogen aus den Büschen auf – darunter ein kohlschwarzer Rabe.

Der Müllerjunge

Die Windmühle mit ihren vier Flügeln stand auf einem Hügel. In dieser Mühle lebte die Müllerin allein mit ihrem Sohn. Als der Müllervater verunglückte, war es schwer für sie gewesen, die Mühle ohne ihn weiter zu betreiben. Aber inzwischen konnte ihr der Müllerjunge schon ein wenig helfen.

Die Müllerin war eine hübsche und tüchtige Frau. Und eine Mühle war ein gutes Geschäft. Jedes Jahr reift neues Korn, das gemahlen werden muss. Viele Männer hätten sie gern zur Frau genommen. Aber die Müllerin hatte jeden abgewiesen. Keiner war ihr recht. Da heuerte sie schon lieber einen der vielen Gesellen an, die über Land wanderten, von Mühle zu Mühle. Den konnte sie wieder fortschicken, wenn das Korn gemahlen war.

Heute blies der Wind kräftig, und die Mühlenflügel drehten sich munter unter dem blauen Himmel. Der Müllerjunge saß in der Stube am Tisch.

Er trug eine feste Hose und ein Hemd aus Leinen. Seine braunen Haare waren lang und lockig. Auf den Wangen hatte er viele Sommersprossen. Der Müllerjunge blätterte in einem Buch. Er besah sich Bilder von Inseln in der Südsee, vor denen Segelschiffe ankerten. Da waren Palmen zu sehen, Hütten aus Bambus und dunkelhäutige Menschen. Der Müllerjunge träumte, dass er auf einer dieser Inseln landete. Er träumte überhaupt viel. Er träumte von Abenteuern und Kämpfen, er träumte von Geistern und Zauberern. Er träumte von Geldbeuteln, die nie leer wurden; von einer Tarnkappe, die ihn unsichtbar machte, von Siebenmeilenstiefeln, die ihn rasch über die Länder trugen. Er wünschte sich, ein Ritter zu werden, oder Herrscher eines mächtigen Reiches.

Dann stellte er das Buch weg und rief sich selber zu: »Ach was! Du bist ein Müllerjunge und bleibst ein Müllerjunge.« Er stand auf und trat vor die Mühle. Er blickte zu den Wolken auf und wünschte sich wieder weit fort.

Da sah er die Prinzessin. Sie kam mit einem Tier. Das wunderte ihn. War es ein Esel oder war es eine Ziege? Oder ein heller Hund? Das Tier strahlte und die Hufe blitzten in der Sonne. Er dachte:

Es ist ein ganz besonders hübsches Pony. Das Horn konnte er von vorne zunächst nicht erkennen.

Wie erstaunt war er, als er sah, dass es ein silbernes Einhorn war. Er riss Augen und Mund auf. Er lief dem Wundertier und der Prinzessin entgegen. »So etwas Schönes habe ich noch nie gesehen!«, rief er.

»Das konntest du auch nicht, denn mich gibt es nur ein einziges Mal auf der Welt«, sagte das kleine Einhorn.

»Ich dachte, dich gibt es nur im Märchen«, murmelte der Junge.

»Das ist gar nicht so falsch«, meinte die Prinzessin. »Und das Märchen geht noch weiter. Das Einhorn geht nämlich mit mir zur Fee. Und du sollst uns begleiten!«

»Nichts lieber als das«, rief der Müllerjunge.

Die Müllerin schaute aus dem Fenster, denn sie hörte die Stimmen. Als sie das silberne Einhorn sah, ahnte sie gleich etwas. Sie seufzte. Sie war eine kluge Mutter, und kluge Mütter wissen, dass sie ihre Buben nicht zurückhalten können. Sie streifte die Schürze ab und legte sie über den Schemel. Sie trat vor das Haus.

»Liebe Mutter«, sagte der Müllerjunge, »ich

verlasse dich. Ich gehe mit der Prinzessin und dem Einhorn.«

»Und wer wird mir bei der Arbeit helfen?«, fragte die Müllerin leise.

»Es wird wohl bald wieder ein Wandergeselle kommen«, meinte der Müllerjunge. »Ich will unterwegs meine Augen offen halten und wenn ich einen finde, schicke ich ihn zu dir.«

»Das tu mal«, antwortete sie. »Doch mein größter Wunsch ist, dass ihr glücklich heimkehrt.« Sie berührte das Einhorn mit der Fingerspitze: »Willst du die beiden Kinder beschützen?«

»So gut ich kann«, erwiderte das Einhorn. »Wir werden alle aufeinander aufpassen. Mehr kann man nicht versprechen. Aber weniger sollte man auch nicht tun.«

»Und das ist viel«, meinte die Müllerin. »Ihr seid drei, und drei ist eine Glückszahl.«

In ihrem Rücken drehten sich die Windmühlenflügel besonders heftig. Ein kohlschwarzer Rabe versuchte, sich darauf niederzulassen. Er rutschte aber immer wieder ab. Ärgerlich krächzend flog er davon.

Der Müllerjunge steckte sich rasch und heimlich den glitzernden Stein in die Hosentasche, den ihm die Prinzessin geschenkt hatte – damals, im Wald, an dem See. Dann verabschiedeten sich die beiden Kinder.

»Je früher wir gehen, desto früher kommen wir wieder«, meinte die Prinzessin. »Und bitte, Müllerin, bitte besuche meinen Vater, den König manchmal, denn jetzt ist er ja ganz alleine.«

»Und das bin ich auch«, antwortete die Müllerin.

Die beiden Kinder nahmen das Einhorn in ihre Mitte.

Bald verschwanden sie hinter dem Hügel.

Die Stadt

Die Prinzessin, das Einhorn und der Müllerjunge wanderten lange. Am Tage leitete sie die Sonne. Sie mieden die befahrenen Straßen, denn sie wollten möglichst nicht gesehen werden. Sie wanderten an Feldern entlang, wo das Korn hoch stand und sie verbarg. Nachts schliefen sie auf Moos. Einmal wanderten sie durch einen Laubwald. Die Sonnenstrahlen fielen schräg durch die Bäume. Als sie wieder an den Waldrand kamen, wurde es Abend. Grau wurden die Bäume, grau wurden die Wiesen. Vor ihnen erstreckte sich weites Land. Ein zarter Duft stieg aus den Gräsern, den Blüten und im Tal lag eine Stadt. Hoch waren die Häuser und Giebel, hoch der Kirchturm und lang gestreckt die Dächer. Eine wehrhafte Mauer umgab die Gebäude.

»Wie gern würde ich mir die Stadt ansehen«, flüsterte die Prinzessin. Sie sagte es wie zu sich selbst.

Der Müllerjunge hatte es aber gehört. »Ja«, sagte er. »Die Straßen, die Plätze und Brunnen. Gewiss gibt es einen Marktplatz und ein Rathaus, und Handwerker, die praktische und schöne Dinge machen. Krüge und Töpfe in vielen Farben, bunte, gewebte Stoffe, edles Geschmeide.«

»Aber was machen wir mit dem Einhorn?«, fragte die Prinzessin. »Wir können es doch nicht mitnehmen! Man würde es einfangen wollen, um es auf den Jahrmärkten auszustellen.«

Der Müllerjunge nickte: »Ja, das ist wohl wahr. Die Soldaten mit ihren Waffen sind stärker als wir, und wir könnten es nicht schützen.«

»Geht einfach ohne mich«, meldete sich das Einhorn sanft zu Wort. »Euch zwei Kinder wird man nicht beachten. Ich bleibe hier allein. Hier wird mir nichts geschehen, ich verabschiede euch, wenn ihr weggeht, ich begrüße euch, wenn ihr wiederkommt.«

»Dann ist es dunkel und nur die Sterne leuchten.«

»Ja, und der Mond ist nur eine schmale Sichel. Aber das macht nichts. Geht nur. Ich trabe ein wenig in den Wald. Es ist schön dort, auch wenn der Abendnebel fällt. Ich kann mit den Rehen plaudern und mit den Kaninchen spielen, indem ich sie mit meinem Horn aus ihren Löchern kitzle. Später lege ich mich ins Gras und schlafe. Vergnügt euch!«

Da rieb die Prinzessin ihre Nase an seinem Hals. Der Müllerjunge streichelte seinen Rücken und das Einhorn schnaubte über ihre Hände. Weich waren sein Maul und seine Lippen.

Dann liefen die beiden Kinder.

Sie hatten es nicht weit. Nachdem sie das Stadttor durchschritten hatten, stromerten sie durch die Gassen. Es war ein geschäftiger Ort voller Leben, zwischen den Häusern drängten sich die Menschen. Kaufleute boten ihre Waren an. Es gab Stoffe und Hüte, Lederwaren und Taschen, Tonkrüge und Schalen. Vor vielen Türen saßen Schuster mit leuchtenden Kugeln, die ihnen mit ihrem Licht die Arbeit ermöglichten, an ihrem Werk. Alle Wege mündeten auf den Marktplatz. Als die Kinder ihn erreichten, sank die Sonne, die Dämmerung brach herein und die Mondsichel glänzte über den spitzen Dächern. Hier stand auch das Rathaus. In der Mitte des Platzes plätscherte ein Brunnen. Ein Kirchturm erhob sich dunkel über den geöffneten Toren. Die beiden

Kinder traten in den Weihrauchdunst. Im Kerzenlicht vergaßen sie die Zeit.

Als die Prinzessin und der Müllerjunge das Einhorn verlassen hatten, war das schöne Tier in den Wald getrabt. Es setzte Huf vor Huf. Es schwebte fast lautlos zwischen den Bäumen hindurch. Die Rehe blieben stehen und drehten ihm ihre Lauscher zu. Die Hirsche hoben ihre Geweihe. Im Wald war es schattig und dunkel, aber das Einhorn schimmerte. Die Eule, der Uhu und das Käuzchen unterbrachen ihre Jagd und schauten es mit großen Augen an.

Auch ein fahrender Sänger, der von Land zu Land zog, viele Lieder dichtete und Märchen ersann, erblickte das Einhorn von ferne, wie es leuchtend über den Wildwechsel zog. »Vom Anblick des Wunders werde ich singen«, sagte er leise.

Als es Nacht geworden war, schritt das Einhorn wieder dorthin zurück, wo sich die Kinder von ihm getrennt hatten. Es wollte auf sie warten. Dazu legte es sich ins Gras und verbarg sein Horn im Gebüsch. Indem es die Augen schloss, erlosch auch sein Leuchten. So schlief es ein. Es schlief märchentief.

Im Käfig

Zuerst standen die Sterne am dunklen Himmel über den Wiesen. Das Einhorn schlief. Es träumte von Liedern. Es hörte nicht das Rattern von Wagenrädern, das Getrappel von Pferden, das Rascheln und Klimpern des Pferdegeschirrs. Schausteller kamen. Ein Hund blieb stehen und schnüffelte aufgeregt. Er gehörte einer Schaustellerin, die mit ihren Knechten und ihren Tieren unterwegs war. Sie führte einen gefangenen Adler mit sich. Sie hatte zwei Wölfe, einen Bären, drei Füchse und noch andere Tiere, darunter auch eine Riesenschlange, die zeigte sie auf den Marktplätzen. Damit verdiente sie manchen Taler. Aber ihr Leben war hart. Und wer ein hartes Leben hat, muss nehmen, was ihm das Schicksal beschert.

Sie stolperte beinahe über das Einhorn im Gras. Sie erkannte es zunächst nicht einmal. Sie hielt das Einhorn für einen Esel und dachte, sie könne den wohl schlachten. Ihre Wölfe waren immer hungrig. Sie ließ also anhalten. Sie befahl ihren Knechten, ein Netz über das schlafende Tier zu werfen. Dann scheuchte sie es auf: »Hoch! Auf mit dir, du Faulpelz!«

Das Einhorn sprang auf seine Beine. Es war zu Tode erschrocken. Es zitterte. Nun war es hellwach. Nur die Dunkelheit verhinderte, dass man sein silbernes Fell sofort bemerkte. Die Knechte zogen die Seile des Netzes fest. Das feine Horn verfing sich in den Maschen. Das Einhorn konnte sich nicht mehr daraus befreien. Es schnaubte, seine Nüstern bebten.

Die Schaustellerin betrachtete ihren Fang. Sie hatte scharfe Augen. Jetzt erst erkannte sie das Horn und die Einmaligkeit ihrer Beute. »Was für ein Wunder!«, rief sie. »Ein silbernes Einhorn! Das ist ja noch viel seltener als ein Drache, ein Walross oder eine Hyäne. Und selten bedeutet wertvoll. In einen Käfig damit!«

Die Knechte zerrten an den Seilen des Netzes. Das Einhorn war wie betäubt. Es wehrte sich kaum. Das Gitter eines Wagens wurde geöffnet, ein Brett schräg angelegt. Man trieb das Tierchen hinauf. Widerwillig und voll Zorn über solch derbe Behandlung bewegte es sich. Danach ließ man das Gitter herab.

»Heute noch wollen wir es ausstellen!«, rief die Schaustellerin. Sie freute sich mächtig. »Die Kupfer- und Silbermünzen werden nur so in unsere Schüsseln springen.«

Rasch holperten die Wagen davon. Als sie durch das Stadttor kamen, lief die Schaustellerin dem kleinen Zug voraus. Sie schwang eine Glocke und rief: »Kommt zur nächtlichen Tierschau! Kommt auf den Marktplatz! Seht das silberne Einhorn! Es ist einzigartig! Wunderbar! Überwältigend! Seht noch viele andere Bestien! Alle Tiere sind wild und ungezähmt! Wir zeigen das Wilde und das Zarte. Wir zeigen das Leben!«

Die Leute kamen aus ihren Häusern. Viele schlossen sich dem Zug an. Vor dem Rathaus wurden die Wagen in einem Halbkreis aufgestellt. Die Knechte zündeten Fackeln an. Sie hielten das prasselnde Feuer hoch. Sein Schein leuchtete in die Käfige.

»Seht den Adler, ein einziger Schnabelhieb tötet einen erwachsenen Mann!«, rief die Schaustellerin. Aber der Adler saß traurig auf einer vertrockneten Baumwurzel.

»Seht die wilden Wölfe, die hungrigen Räuber, die struppigen Schrecken der einsamen Wanderer!« Aber die beiden Wölfe trotteten nur struppig an den Käfigstäben entlang, immer hin und her.

»Seht den wilden Bären! Ein Hieb seiner Pranke tötet jeden noch so mächtigen Ritter!« Aber der Bär schlief an der Rückwand des Käfigs.

»Seht die Riesenschlange. Sie zerbricht die Knochen des stärksten Ochsen.« Doch die Schlange lag zusammengerollt in einer Ecke und hob kaum den Kopf.

In dieser Form wurden alle Tiere angepriesen. Einen pechschwarzen Raben, der außen auf der Ecke eines Käfigs saß, erwähnte die Tierhalterin nicht. Er gehörte nicht zu ihrer Menagerie.

Die Knechte traten vor den letzten Wagen. Sie hielten ihre Fackeln noch höher, und noch lauter rief die Schaustellerin: »Und nun, Herrschaften, sehen Sie das einzige, das letzte silberne Einhorn! – So schön! – So wunderbar! – Man könnte es für eine märchenhafte Erscheinung halten, wenn es nicht leibhaftig hier zu sehen wäre! Wer dem Wunder begegnet, wird nie mehr traurig sein!«

Die Leute drängten und reckten sich. Zitternd stand das Einhorn hinter dem Gitter. Seine Flanken bebten. Es verging vor Angst. Von so vielen Augen angestarrt, fühlte es sich todeswund.

In diesem Augenblick kamen die Prinzessin und der Müllerjunge aus dem Dom. Sie hörten die Anpreisungen. Sie drängten sich durch die neugierigen Leute – und erschraken bis in ihre Herzkammern. Die Prinzessin flüsterte: »Wir müssen das Einhorn befreien, und koste es unser Leben!« Die Kinder schlichen hinter einen Käfig, um sich dort zu verbergen. Zusammengekauert warteten sie, bis die Tierschau beendet war. Die Fackeln wurden gelöscht. Die Knechte bedeckten die Käfige mit Tüchern aus Sackleinen. Die Schaustellerin prüfte jedes Vorhängeschloss. Dann ging sie mit ihren Knechten in eine einfache Herberge.

Die Leute verließen zögernd den Markt.

Das Lied

Auf dem Platz war es nun ganz finster. Alle Menschen waren heimgegangen. Die Lichter in den Häusern wurden nach und nach gelöscht. Nur ein einsamer Mann hockte auf den Stufen des Brunnens. Er saß so still wie eine Figur aus Stein.

Die beiden Kinder hoben die Sackleinwand hoch. Die Prinzessin flüsterte: »Einhorn, armes Einhorn! Ach, warum bist du plötzlich so struppig?«

»Weil ich gefangen bin«, antwortete das Einhorn leise. »Was schön ist, ist nur schön in Freiheit!«

Der Müllerjunge prüfte das Vorhängeschloss. Er rüttelte daran und seufzte: »Nur ein Schmied könnte es öffnen. Aber wir finden keinen, der uns helfen wird.«

Da wieherte das Einhorn sein leises Lachen: »Ihr braucht keinen Schmied!«

»Kannst du das Schloss öffnen?«, fragte die Prinzessin hoffnungsvoll.

»Nein, fast niemand kann sich selbst befreien, und auch ich kann es nicht!«

»Ach, dann gibt es keine Hoffnung!«

»Nichts ist jemals ganz hoffnungslos. Man darf niemals aufgeben. Erinnert euch, was ich bin!«

»Du bist eine Märchenfigur!«

»So ist es. Wen brauchen wir also?«

Die Kinder dachten nach. »Vielleicht einen Märchenerzähler?«, fragte die Prinzessin.

»Du sagst es! Schau, auf dem Brunnen sitzt einer. Bitte ihn zu uns!«

Die Prinzessin lief zu ihm.

»Prinzessin, was kann ich für dich tun?«, fragte der dunkle, ruhig dasitzende Mann.

»Woher weißt du, dass ich eine Prinzessin bin?«

»Das sind alle kleinen Mädchen – zunächst einmal.«

»Komm mit zu den Käfigen. Unser Einhorn ist gefangen!«

»Das ist schlimm. Ich habe es im Wald gesehen und schon in meine Lieder geflochten.« Der fahrende Sänger stand auf. Die Prinzessin zog ihn mit sich fort. Er ging langsam, denn Märchenerzähler haben es niemals eilig.

Der Müllerjunge erwartete sie ungeduldig.

»Befreie das Einhorn!«, drängte er, indem er auf das scheue Tierchen zeigte.

»Wie sollte ich das?«

»Weißt du es wirklich nicht?«, fragte das Einhorn durch das Gitter. »Überlege doch! Wie viele Schlösser hast du schon geöffnet?«

»Aber das waren die Schlösser der Herzen meiner Zuhörer! Ich öffne sie mit meinen Liedern und Geschichten.«

»Dann öffne auch dieses Schloss mit einem Lied. Alles, was du singst, wird wahr. Singe von zwei Liebenden, sie werden sich lieben. Singe von einem Schloss, das sich öffnet, und es wird aufgehen. Du kannst leise singen, das genügt. Aber singe!«

Der Sänger nickte. Dann ließ er ein leises Lied erklingen. Er summte eigentlich nur. Die Strophen erzählten von einem gefangenen Einhorn, das sein Käfigschloss mit der Spitze seines Hornes berührte.

Da öffnete sich das Schloss und das Einhorn schritt aus dem Käfig. Die Prinzessin schlang ihre Arme um seinen Hals. Das Fell des Einhorns wurde voll und weich. Das Horn des Einhorns schimmerte wieder. Die Mähne des Einhorns wurde wieder so seidig wie vordem.

»Nun weiß ich, dass die Lieder von Dichtern frei machen können«, sagte die Prinzessin zum Sänger. »Begleite uns!«

»Ich kann nicht bei euch bleiben«, entgegnete er. »Meine Lieder entstehen in der Einsamkeit. Ich brauche zwar die Begegnung mit anderen, aber dann muss ich weiterziehen. Wer verweilt, wird verstummen. Wir werden uns vielleicht nie wieder sehen. Ich muss von Stadt zu Stadt, von Land zu Land.«

»Du behältst mich immer in deinen Versen«, sagte das Einhorn.

»Komm auf unsere Burg«, sagte die Prinzessin. »Mein Vater ist der traurige König. Du kannst sein Herz mit Freude erfüllen.«

»Ach, du bist diese Prinzessin!« Der Sänger lächelte. »Natürlich, das hätte ich mir denken können. Ja, ich werde einmal zu deinem Vater kommen, denn Märchenerzähler lassen sich immer wieder auch gerne rufen.«

»Ich möchte wohl auch durch die Welt ziehen und von allen Wundern singen«, meinte der Müllerjunge. »Kannst du es mich lehren?«

»Du lernst es von alleine, wenn du es nur willst«, antwortete der Sänger. »Halte die Augen offen und antworte mit deinem Herzen auf den Ruf aller Dinge. Denn sogar das Schweigende spricht für den, der es hören will. Doch jetzt geht, ehe man euch hier findet.«

»Nein!«, die Prinzessin und stampfte mit ihrem zierlichen Fuß auf.

»Nein?«

»Nein, sollen die armen Tiere etwa in ihren Käfigen bleiben? Wir müssen auch ihnen helfen!«

»Dem Bären, den Wölfen, dem Adler und der Schlange? Was für ein Wagnis«, rief der Müllerjunge.

Man hörte die gefangenen Tiere seufzen. Doch der fahrende Sänger sagte: »Das geht nicht! Für sie habe ich kein Lied. Sie können nicht mehr in Freiheit leben. Sie würden elend zu Grunde gehen. Auch sind sie der Broterwerb der Schaustellerin, und auch sie gehört zu den armen Leuten. Schlimm genug, dass sie nun kein Einhorn mehr hat, das ihr Glück gebracht hätte.«

»Ich weiß etwas!« Die Prinzessin fasste den Sänger an der Hand, stellte sich auf die zierlichen Zehenspitzen und sagte: »Sprich mit der Schaustellerin. Sie soll mit ihren Tieren zur Burg meines Vaters ziehen. Im Schlossgraben ist viel

Platz für große Gehege. Und die Knechte können die Tiere betreuen, auch ihnen soll es besser gehen. So ist allen geholfen.«

Der Sänger nickte. »Das will ich tun. Denn wer das Mögliche nicht tut, tut in Wahrheit das Schlechte!« Dann begleitete er die Kinder und das silberne Einhorn durch die schlafende Stadt. Die Tritte der kleinen Hufe klangen auf dem Pflaster wie Glöckchen.

Der Sternenhimmel

Sie kamen unbeachtet an die Stadtmauer. Neben dem Tor stand ein Turm. Der Sänger wies nach oben: »Dort ist einer, den solltet ihr kennenlernen! Steigt die schmale Holztreppe hinauf. Seid unbesorgt, ich behüte das Einhorn, wir warten auf euch.«

Die Prinzessin und der Müllerjunge stiegen die Treppe empor. Die Stufen knackten. Es war dunkel im Turm. Weiter oben wurde es heller. Sie kamen in eine Kammer, in der eine Kerze flackerte. Ein hageres Männlein schaute gebückt durch ein langes Rohr, das in den Himmel, auf die Sterne, gerichtet war.

»Was suchst du?«, fragte die Prinzessin.

Ohne sich zu ihnen umzudrehen, antwortete der Gelehrte: »Den Anfang und das Ende von Zeit und Raum.«

»Warum?«, fragte der Müllerjunge. »Wem nützt das?«

»Wichtiger als das Nützen ist das Verstehen«, antwortete der Sterngucker. »Wenn du die Sterne betrachtest, werden deine Gedanken weit. Alles Irdische beginnt zu schrumpfen.«

»Und wozu soll das gut sein?«

»Wenn du die Welt und dich selbst nicht so wichtig nimmst, lebst du befreiter. Dann wird alles leicht. Nur wir selbst machen die Dinge schwer.«

»Ich will es mir merken für meinen Vater«, meinte die Prinzessin. »Vielleicht lindert das seine Traurigkeit.«

»Aber ich verstehe es immer noch nicht!«, sagte der Müllerjunge.

»Dann warte einfach. Irgendwann wirst du es verstehen«, antwortete der weise Mann. »Mir ging es genau wie dir. Je mehr ich an den Himmel schaute, umso mehr erkannte ich, dass ich nie alles verstehen werde. Das war wohl die wichtigste Erkenntnis. Denn umso mehr begann ich, alles zu bewundern. Und es gibt nichts, was glücklicher macht, als die Bewunderung!«

Da sagte die Prinzessin: »Ich habe noch einen weiten Weg und komme nicht so bald zu meinem Vater zurück. Deshalb bitte ich dich: Geh du zu ihm. Sage ihm das alles. Du könntest ihm helfen.«

»Wenn er traurig ist, muss man ihm wohl beistehen«, antwortete der Sterngucker. »Ich will es überlegen.«

»Aber jetzt komm mit uns herunter«, bat der Müllerjunge. »Denn wir haben dort unten auch ein kleines Wunder. Du solltest es sehen. Es ist ein silbernes Einhorn.«

»Wirklich? Was du nicht sagst! Dann ist es ja eine Märchengestalt.«

Der alte Mann überlegte. Schließlich sagte er: »Ich stelle es mir reizend vor. Aber gerade deshalb will ich es dabei belassen. Märchengestalten müssen in Märchen bleiben. In der Wirklichkeit werden sie grau. Das möchte ich nicht riskieren.«

»Muss man nicht etwas wagen, um etwas zu gewinnen?«, fragte die Prinzessin.

»Richtig. Aber man muss sich auch entscheiden – entweder für den Himmel oder für die Erde. Beides zusammen übersteigt eines Menschen Kraft. Und ich habe mich nun einmal für den Himmel entschieden.«

»Du wirst wohl wissen, was für dich richtig ist«, sagte die Prinzessin. »Aber sag, dürfen wir auch einmal durch dein Fernrohr schauen?«

Der weise Mann rückte beiseite. Nacheinander blickten sie durch das Rohr. Sie sahen einen Stern, hell wie Feuer. Er war umgeben von leuchtenden Ringen. Außerdem umgaben ihn noch viele tausend kleinere Sterne, schimmernd wie Perlen auf schwarzem Samt.

»Ich beginne dich zu verstehen«, murmelte die Prinzessin. »Unsere Erde ist umgeben von unendlichen Wundern.«

»Aber vergiss nicht, dass wir auf der Erde eine Aufgabe haben!«, sagte der Müllerjunge. Er fasste die Prinzessin an der Hand und zog sie fort. »Vielleicht werden auch wir später einmal zu Erforschern des Himmels, aber jetzt müssen wir weiter.«

Sie gingen. Sie stiegen die Treppe wieder hinab. Unten erwarteten sie das Einhorn und der fahrende Sänger. Da sie direkt neben dem Stadttor standen, verabschiedeten sie sich voneinander. Der Sänger musste noch mit der Schaustellerin sprechen, danach wollte er zum traurigen König gehen. Vielleicht kam sie mit ihrer Menagerie gleich mit ihm.

Die Prinzessin und der Müllerjunge nahmen das silberne Einhorn in ihre Mitte und gingen mit ihm durch das Stadttor in die warme Nacht und über die Wiesen.

Nach einer Weile kamen sie an eine leere Scheune. Sie krochen hinein und kuschelten sich ins Heu. Das schöne Einhorn legte sich zu ihnen. Es lag da wie ein schimmernder Halbmond, bedeckt von seiner weichen, seidigen Mähne. Die Prinzessin schmiegte ihren Kopf an seinen Hals.

»Einhorn«, flüsterte die Prinzessin.

»Was willst du, kleine Prinzessin?«

»Warum gibt es so viele Sterne?«

»Vielleicht, damit wir niemals aufhören können, zu staunen und sie zu bewundern«, sagte das Einhorn. »Wende dich jede Nacht einem anderen Stern zu – alle Nächte deines Lebens werden doch nicht ausreichen, sie alle zu erblicken. Ja, vielleicht reichen nicht einmal alle Nächte aller Menschen, die leben und jemals leben werden, dazu aus, so viele sind es. Je mehr du bewunderst und achtest, je glücklicher und reicher wird dein Leben!«

»So ähnlich hat es auch der Sterngucker gesagt«, murmelte die Prinzessin. »Aber ich glaube, es muss doch noch etwas anderes geben!«

»Dann suche es«, flüsterte das Einhorn. »Jedes Leben hat seinen eigenen Klang.«

»Meinst du Sinn?«

»Sinn oder Klang, das ist fast das Gleiche.«

Das Gewitter

Die Nacht war schwül. Immer höher türmten sich Wolken auf. Als der Morgen dämmerte, brach ein Gewitter los. Blitze zuckten wie grelle Peitschenschläge. Donner riss alle aus dem Schlaf. Sie blickten durch den Türspalt. Schwaden feuchter Luft wurden vom Wind hereingedrückt. Dann prasselte der Regen, er trommelte auf das Dach.

Das Einhorn stand zitternd an der Wand. Da suchte es Schutz. »Ich weiß, dass es dumm von mir ist«, schnaubte es. »Aber ich fürchte mich. Die Blitze ... Der Donner ... Es geht mir durch und durch!«

»Auch unsere Hunde haben sich immer alle verkrochen, sogar in unserem Schloss mit den dicken Steinmauern«, sagte die Prinzessin tröstend. »Da brauchst du dich in dieser kleinen Holzhütte nicht zu schämen.«

»Angst steckt wohl in uns allen«, sagte das

Einhorn. »Sie vergeht unser ganzes Leben lang nicht. Wir sollten sie wie einen Gast begrüßen, der uns Neues erzählt, und von ihm lernen, ehe er uns wieder verlässt.«

Ein Wolkenbruch stürzte hernieder. Der Regen rauschte. Es war wie unter einem Wasserfall. Dann gab es noch einen besonders heftigen Donnerschlag. Alle duckten sich. Aber damit war es auch zu Ende. Die Wolken verzogen sich. Die Felder dampften.

»Herrlich! Nie fühlt man sich freier, als wenn die Angst überwunden ist«, sagte das Einhorn. »Alles ist wieder leicht.«

»Also brechen wir auf«, schlug der Müllerjunge vor.

Der Ritter

Sie verliessen die Scheune. Draußen stand das Wasser in Pfützen. Die Sonne brach durch die letzten Wolken. Die Tropfen auf den Grashalmen funkelten. Die Bäume am Waldrand leuchteten. Den drei Wanderern schlugen nasse Zweige ins Gesicht.

Da war eine Wiese, und am anderen Ende sahen sie einen Ritter in voller Rüstung. Er saß grau schimmernd auf seinem Ross wie eine Gestalt aus Stahl und Eisen. Sein Gesicht war nicht zu erkennen, weil er sein Visier geschlossen hatte. In der rechten Hand hielt er eine Lanze. Am linken Arm trug er einen Schild.

»Zurück!«, flüsterte der Müllerjunge.

Doch der Ritter legte schon seine Lanze an. Ihre Spitze blitzte. Sie zeigte auf das Einhorn. Er gab seinem Pferd die Sporen. Es sah aus, als wollte er das Einhorn erlegen. Vielleicht, um sein Fell an die Wand in der Halle seiner Burg zu hängen.

Die Prinzessin und der Müllerjunge breiteten ihre Arme aus, um das silberne Fabeltier zu beschützen. Nur sein Horn schaute zwischen ihnen hervor.

Der Ritter stellte sich in den Steigbügeln auf. Er galoppierte heran.

»Kolossal«, brüllte er. Auf seinem Helm flatterten rote und gelbe Federn. Er beugte sich vor. Er lag auf dem Hals seines Pferdes. Der Erdboden bebte.

Da ließ sich ein Rabe, schwarz wie die Nacht, von einem hohem Baum am Waldrand fallen. In schrägem Flug steuerte er auf den Ritter zu. Er stieß gegen den Helm, verkrallte sich laut krächzend in den Schlitzen des Visiers und breitete seine Flügel aus. So nahm er dem Ritter die Sicht. Dieser riss die Lanze hoch. Er wollte den Raben abwehren. Sein Pferd scheute. Der Ritter versuchte das Tier zu zügeln, aber es galoppierte mit ihm weiter, bis an den Waldrand.

»Das war knapp«, sagte der Müllerjunge.

Der Rabe verschwand so plötzlich, wie er gekommen war.

Der Ritter brachte sein Pferd zum Stehen, wendete es und kam langsam näher. »Verdammtes

Biest«, grollte er und meinte den Raben. Seine Stimme dröhnte dumpf aus dem geschlossenen Helm: »Ganz verdammtes Biest, dieser Vogel! Kolossal! Ich konnte nichts mehr sehen. Das war kein ehrenhafter Kampf! Von einem Raben besiegt! Ich sollte besser nicht darüber reden. – Es sei denn, der Rabe war ein verzauberter Ritter!«

Das Pferd zupfte friedlich ein paar Grashalme von der Wiese. Der Ritter rammte die Lanzenspitze in die Erde und klappte sein Visier auf. Sein Gesicht war glatt rasiert, aber er trug einen Schnurrbart, den er immer wieder emporblies. Seine Augenbrauen waren buschig. »Ich wollte euch nicht aufspießen«, brummelte er. »Ich wollte euch nur Angst einjagen. Wenn ich niemanden ängstige, langweile ich mich. So ist das nun mal. Kolossal!«

Die beiden Kinder sagten nichts. Ihre Angst verflog. Sie kamen aber nicht zu Wort, denn der Ritter redete gleich weiter: »Unverschämter Vogel das! Und sonderbar! Gehört er euch? Habt ihr ihn abgerichtet? Ulkige Idee, originelle Verteidigung. Kolossal! – Und dieses silberne Tier ist doch nicht etwa ein echtes Einhorn? Ihr habt ihm das Horn nur aufgesetzt. Schätze, es ist eine Ziege, oder so was?«

»Ich bin ein Einhorn«, schnaubte das silberne Tierchen empört.

»Kolossal«, brummte der Ritter. Klapp! Sein Visier fiel herab, er schob es gleich wieder hoch. »Dachte, diese schönen Tiere wären ausgestorben. Gebt es mir, ich will es dem traurigen König bringen, vielleicht macht es ihn fröhlich.«

»Ich bin die Tochter des traurigen Königs«, sagte die Prinzessin. »Das Einhorn ist zu mir gekommen.«

»Wirklich? Kolossal! Du bist die Tochter dieses traurigen Königs? Und das Einhorn folgt dir? Das ist doch das tollste Abenteuer!« Klapp! Das Visier schnappte zu. Ganz automatisch öffnete er es wieder. Dann rutschte er vom Pferd und plumpste rasselnd auf den Boden. Der Müllerjunge reichte ihm die Hand, und der Ritter rappelte sich auf.

»Diese verflixten Rüstungen«, stöhnte er. »Schwer wie Blei. Überhaupt ein dummer Beruf, dieses Rittertum. Immer jagen und kämpfen! Aber, wie die Schafe sagen würden: ›Wie geboren, so geschoren‹. Ich hab nun mal nichts anderes gelernt.«

»Ich wäre gern Ritter«, sagte der Müllerjunge. Er starrte die eiserne Erscheinung an. »Ach, aber ich bin und bleibe wohl ein Müllerjunge.«

»Ja«, brummte der Ritter. »So quaken die Frösche: ›Wie geschlüpft, so gehüpft!‹ Trotzdem soll man nie den Mut sinken lassen, denn die Zauberer wissen: ›Wie gehandelt, so verwandelt!‹ Also handle, Junge! Werde Page, dann Knappe, und ich will dich zum Ritter schlagen. Aber ich warne dich. Die Beine werden verdammt steif vom Reiten, mir jedenfalls.«

Die Prinzessin lachte: »Reite zu meinem Vater«, sagte sie. »Da bekommst du ein warmes Bad mit Kräutern!«

»Wirklich? Kolossal!« Klapp, das Visier fiel herab, er stieß es gleich wieder hoch. »Ein Bad in einem dampfenden Holzzuber? Und eine Magd, die mir den Rücken schrubbt? Ach, wundervoll wäre das! Aber halt! Wenn ich auf der Burg bin, kann ich keine Abenteuer mehr erleben! Und ein Ritter ohne Abenteuer ist wie ein Ochse ohne Futter!«

»Wenn du dich da mal nicht irrst«, sagte das Einhorn. »Weißt du nicht, dass man die größten Abenteuer in seinem Herzen erlebt, und sonst nirgends?«

»Wirklich?« Klapp, das Visier fiel herab und klapp, war es wieder oben. »Darüber will ich nachdenken, wenn ich im Badezuber sitze. Aber jetzt kommt mir ein anderer kolossaler Gedanke. Bitte, liebes Einhorn, berühre mich mit deinem Horn. Tippe auf meine Schulter, dann kann ich mich ›Ritter vom Einhorn‹ nennen und ein Einhorn in meinem Wappen führen.« Der Ritter ließ sich klirrend und ächzend auf ein Knie nieder. Er neigte sein Haupt. Das Einhorn tupfte mit seiner Hornspitze auf den Eisenpanzer. Es gab einen Glockenton.

»Kolossal!«, rief der Ritter. »Verdammt will ich sein, wenn das keine Ehre ist!« Er rappelte sich mühsam auf. Der Müllerjunge griff ihm unter die Arme. »Danke, mein Knappe«, sagte der Ritter. Da blühten des Müllerjungen Sommersprossen auf wie Heckenrosen.

»Nun reitet an den Hof meines Vaters, Ritter vom Einhorn«, forderte ihn die Prinzessin auf.

»Das will ich! Was für ein Tag! Ein größeres Abenteuer werde ich wohl nie wieder erleben. Nun kann ich aufhören, immer weiter danach zu suchen!« Der Ritter bestieg sein Pferd, was ihm mit des Müllerjungen Hilfe auch gelang. Als er im Sattel saß, klappte sein Visier herab. Vergnügt schob er es hoch, neigte seine Lanze, verbeugte sich und knarrte: »Der Ritter vom Einhorn grüßt euch!« Dann gab er seinem Pferd die Sporen und galoppierte davon. Bald war er zwischen den Bäumen verschwunden.

Der Stier

Die drei Wanderer liefen weiter. Noch immer blitzten Tropfen an den Büschen. Vögel zwitscherten. Die Prinzessin begann zu singen. Der Müllerjunge summte. Das Einhorn trabte zwischen ihnen. Seine silberne Mähne flog und bei jedem Schritt wippte sein Rücken. Stolz trug es den Kopf mit dem gedrehten Horn.

Plötzlich blieb die Prinzessin stehen und fragte: »Was war das für ein Rabe, der den Ritter so ärgerte?«

»Ich weiß nicht«, brummte der Müllerjunge. »Mir ist er schon einige Male aufgefallen. Der Ritter hätte sich genauso gut ›Ritter vom schwarzen Raben‹ nennen können statt ›Ritter vom Einhorn‹.«

»Es war sicher nur Zufall. Raben verteidigen wohl keinen Menschen!«

»Nein, aber vielleicht ein Einhorn«, meinte das schöne Tier.

Sie kamen in eine weite Landschaft mit Wiesen

und Feldern. In der Ferne sahen sie Dächer von Bauernhäusern. Von dort her klang aufgeregtes Geschrei. Das Einhorn hielt an, es stellte seine Ohren auf. »Das klingt nicht gut«, wisperte es.

»Was mag da geschehen sein?«

»Ein Stier hat sich losgerissen. Er ist zornig und aufgeregt. Ein Bauer hat ihn geschlagen. Jetzt rennen sie mit Knüppeln hinter ihm her. Sie versuchen ihn wieder einzufangen. Er ist blind vor Wut. Wilde Stiere sind sehr gefährlich. Sucht Schutz hinter den Bäumen!«

»Und du?«

»Fragt nicht! Schnell! Gleich ist er hier. Ich werde ihn aufhalten, ablenken und zu beruhigen versuchen. Es wird nicht einfach sein, denn er hört und sieht nichts vor Zorn.«

Der Stier stürmte heran. Der Boden bebte unter seinen Hufen.

»Verbergt euch«, rief das Einhorn noch einmal.

Die Prinzessin und der Müllerjunge duckten sich hinter eine Eiche. Das Donnern kam näher. Die Bauern waren weit hinter dem wilden Tier.

Mit tänzelnden Schritten verließ das Einhorn den Pfad. Es trat auf die Wiese. Der Stier stutzte. Er blieb stehen – was für ein Ungetüm! Er dampfte und schnaubte. Er senkte seinen Schädel und schüttelte das Haupt. Seine spitzen Hörner zeigten nach vorn. Er stampfte mit den Vorderläufen. Grollende Atemstöße stoben aus seinen Nüstern.

»Stier, Stier«, rief das Einhorn lockend. Es tänzelte ein wenig näher. Da griff er an. Er kam mit Wucht. Seine Hufe erschütterten den Grund. Das Einhorn rührte sich nicht, aber es senkte ebenfalls den Kopf und sein Horn deutete auf den Stier: ein zierliches Horn gegen die rohe Gewalt. Gleich würde er gegen das silberne Fabeltier stoßen, es mit seinen Hörnern durchbohren und in die Luft schleudern.

Da war er – jetzt!

Doch in diesem Moment sprang das Einhorn beiseite, leichtfüßig, nur ein wenig und erst im letzten Augenblick. Der Stier donnerte vorbei. Sein Maul streifte den Boden. Sein Nacken wölbte sich mächtig.

Er war verblüfft, dass nichts geschah. Er hielt inne. Er schaute sich um – und dabei streiften seine blutunterlaufenen Augen auch die beiden Kinder hinter dem Baum. Dort kauerten sie und hielten sich an den Händen.

Glücklicherweise kümmerten sie ihn nicht. Er

suchte das zierliche Tier auf der Wiese. Und das silberne Einhorn lief ihm tänzelnd wieder entgegen. Der Stier senkte wieder den Kopf. Und wieder stürmte er darauf zu, grollend. Er zerstampfte den Rasen. Das Einhorn drehte sich um sich selbst. Es tanzte vor dem Stier her, leichtfüßig und schnell, mal hierhin, mal dorthin. Der Stier versuchte ihm zu folgen, seine Hörner rissen den Boden auf. Er zielte mit ihnen auf das Fabeltier – wieder und immer wieder. Denn immer wieder sprang es zur Seite.

Die Bauern schauten vom Rand der Wiese aus zu. Sie sahen, wie der Stier sich drehte ... und lief ... und sich wieder drehte ... Und wie ein kleines, schimmerndes Tier, wie sie noch niemals eines gesehen hatten, ihn zum Narren hielt. Sie stützten sich auf ihre Knüppel, Heugabeln und Sensen.

Es war ein ungleicher Kampf. Der Stier war dem Einhorn an Kraft vielfach überlegen, aber das Einhorn übertraf ihn weit an Leichtigkeit und Wendigkeit. Es hüpfte, sprang, wirbelte, tanzte. Der Stier schien es zu jagen, doch in Wirklichkeit ließ das Einhorn den Stier nach seiner Laune traben, von einem Ende der Wiese zur anderen. Einmal stockte der Stier so schnell, dass er dabei stolperte und stürzte. Er stand wieder auf, aber nach und nach erlahmten seine Kräfte. Er begann erst zu schwanken, dann zu torkeln. Er verfehlte das Einhorn immer. Schließlich brauchte es gar nicht mehr vor ihm wegzulaufen, es genügte, wenn es sich ein wenig bewegte. Es ließ den Stier um sich herum kreisen – bis er endlich erschöpft zusammenbrach und liegen blieb, das Haupt auf dem Boden.

Da ging das Einhorn langsam auf ihn zu. Nun war er sanft. »Dummer Kerl«, sagte das Einhorn. »Wusstest du nicht, dass das Leichte dem Schweren überlegen ist? Du kannst es nicht fangen, denn es wechselt geschwind seinen Platz. Das Leichte ist schnell wie der Wind und gewichtlos wie die Luft.«

»Vielleicht«, murrte der Stier, »vielleicht wusste ich das alles, und das war es gerade, was mich so wild machte. Denn ich fühlte, dass ich machtlos war. Das ist ja der Grund für jede Wut. Es ist ja nicht einfach, einen so klobigen Körper zu haben. Das müsstest du eigentlich wissen, da du so viel weißt. Denn wie immer der Körper ist, das Herz sucht Liebe, und geliebt wird nur das Zierliche. Einen wie mich fürchtet man.«

»Ich fürchte dich nicht«, sagte das Einhorn. »Ich fürchte dich nicht nur nicht, ich mag dich sogar. Und weißt du auch, warum?«

»Nein«, antwortete der Stier verwundert.

»Weil du das richtige Wort gesagt hast und weil das richtige Wort alles verzaubert.«

Der Stier überlegte: »Du meinst, weil ich gesagt habe, dass das Herz Liebe sucht?«

»So ist es.«

Da erhob sich der Stier mühsam. Noch immer hielt er sein Haupt gesenkt, aber jetzt näherte er sich dem Einhorn langsam, und da das Einhorn nicht zurückzuckte, rieb er sein Maul an der silbernen Mähne. Seine grobe Kraft hatte sich in Sanftmut verwandelt. Und das Einhorn stand daneben in all seiner Schönheit. Auf seine Art lächelte es. Es sagte leise: »Vergiss nie: Alles ist nur ein Spiel.«

»Was meinst du damit?«

»Wer sich bewusst ist, dass alles nur ein Spiel ist, verliert nie die Freude und die Leichtigkeit. Nur im Ernst verwundet man sich tödlich.«

Hoch oben, unbemerkt von allen, kobolzte ein kohlschwarzer Rabe.

»Ist es denn auch ein Spiel, im Stall zu leben?«, fragte der Stier.

»Es ist dein Spiel. Es ist das Spiel, das du spielen musst. Du hast die Weide. Geh zu deinem Bauern zurück. Er sorgt für dich, er gibt dir dein Futter.«

Der Stier nickte ein paar Mal mit dem Kopf.

Die Bauern trauten ihren Augen nicht. Sie hatten sich auf einen wilden Kampf eingestellt, und nun kam der Stier freiwillig zu ihnen zurück, begleitet von jenem zierlichen Geschöpf.

Das Einhorn blieb stehen. Es ließ sich betrachten. Es wartete auch noch, bis die Bauern dem Stier die Kette wieder um den Hals gelegt hatten, der dies nun willig geschehen ließ. Dann drehte es sich um und trottete zur Prinzessin und dem Müllerjungen zurück.

»Ob ich die Bauern auch zu meinem Vater einladen soll?«, fragte die Prinzessin.

»Ja, sie sollen an den Sonntagen kommen«, antwortete der Müllerjunge. »An den Werktagen müssen sie auf ihren Äckern arbeiten, die sie ernähren.«

Als die Prinzessin den Bauern diesen Vorschlag gemacht hatte, wanderten die drei weiter. In dieser Nacht lagerten sie unter Bäumen. Der Müllerjunge schlief schon fest, als das Einhorn sich zusammenrollte. Die silberne Mähne funkelte im Mondlicht.

»Einhorn«, begann die Prinzessin zu sprechen.

»Ja?«

»Bist du wirklich unsterblich?«

»Ich bin so unsterblich wie alle Lieder und Märchen«, antwortete das Einhorn. »Aber wirklich unendlich ist das nicht. In Wahrheit gibt es keine Unsterblichkeit. Alles hat ein Ende, auch die Erde, auf der wir leben – und die Lieder der Menschen, die auf dieser Erde leben. Sogar die Sonne und die Sterne werden einmal vergehen.«

»Das ist ja schrecklich«, meinte die Prinzessin.

»Nein, gerade das macht alles kostbar«, erwiderte das Einhorn.

»Aber man möchte doch, dass alles Schöne nie endet.«

»Alles muss einmal enden, damit etwas Neues entstehen kann.«

»Das verstehe ich nicht.«

»Das macht nichts, das kommt noch.«

Der Zauberer

Sie wanderten durch den Sommer. Sie wanderten über Hügel und durch Täler, deren Felder blau waren und erfüllt vom Duft des Jasmins. Sie wanderten durch Schafherden, die das Einhorn blökend anstaunten, wenn es zwischen ihren wolligen Leibern hindurchschritt, leicht wie eine Feder. Sie kamen in die Berge, stiegen über Pässe zwischen verschneiten Gipfeln und durchquerten Ebenen.

An einem Nachmittag ging das Einhorn voraus. Es fühlte sich sicher. Weit und breit war niemand zu sehen. Nur die Vögel sangen. Die Prinzessin und der Müllerjunge folgten langsam. Sie waren erschöpft. Der Abstand vergrößerte sich. Das Einhorn wurde niemals müde, so weit es auch lief. Es lief so unverdrossen vor sich hin, dass es das kleine Haus am Waldrand nicht wahrnahm.

Das kleine Haus duckte sich zwischen die Bäume. Es war aus Stein, das Dach war mit Schiefer belegt. Auf dem Dach saß ein kohlschwarzer Rabe, er verbarg sich hinter dem Schornstein und dem Rauch, der daraus aufstieg. Die Fenster waren blind vor Staub und schauten auf eine Wiese, die sich vor dem Häuschen senkte und am Wald endete. Die Tür hing ein wenig schief in den Angeln. Draußen plätscherte ein Brunnen.

Hinter einem der Fenster stand ein alter Mann. Die drei Wanderer konnten ihn nicht sehen, er aber betrachtete das Einhorn. Schon lange hatte er es erwartet. Das silberne Tierchen setzte Schritt vor Schritt. Einmal blieb es stehen, witterte, dann ging es weiter.

Der alte Mann rieb sich die Hände.

Die Sonne stand tief, sie senkte sich auf die Tannen. Das Einhorn erreichte die Mitte der Wiese. Wieder verharrte es und lauschte. Es hörte den Brunnen rauschen. Es wollte trinken. Jetzt erst sah es das Häuschen. Es erschrak. Es wollte fortlaufen.

Aber – zu spät! Aus den Grashalmen ringsum waren Käfigstäbe emporgeschossen und hatten sich über dem Einhorn geschlossen. So war es gefangen. So war es auch in der Tierschau gewesen. Das Einhorn erstarrte. Es zitterte. Es machte sich klein. Es wollte die Stäbe nicht berühren. Sein Fell wurde grau.

Der Rabe krächzte hinter dem Schornstein. Er flog auf und setzte sich oben auf den Käfigrand und krähte: »Haben wir dich! Gut, dass ich nicht mehr hinter dir hersausen muss!«

Das Einhorn antwortete nicht. Es schloss die Augen.

Der Müllerjunge und die Prinzessin waren inzwischen näher gekommen. Als sie sahen, was geschehen war, erschraken sie bis in die Tiefe ihrer Herzen. Sie konnten es sich nicht erklären.

Die Prinzessin wollte zum Käfig laufen, aber der Müllerjunge hielt sie zurück. »Warte«, flüsterte er. »Wir wollen erst sehen, wer aus dem Haus kommt. Ich schätze, es ist ein Hexenmeister oder eine Hexe.«

Sie kauerten sich hinter die Zweige.

Nun kam der alte Mann aus der Tür. Seine Kleidung war nachlässig, das Gewand war grau, es streifte den Boden. Seine Haare flammten feuerrot. Seine Augen funkelten wie Kristalle. Die Enden seines langen Bartes hatte er beidseitig über die Schultern geworfen. Der Rabe flog zu ihm und setzte sich auf seine Schulter. Der Zauberer achtete nicht auf ihn. Mit wiegenden Schritten umkreiste er den Käfig und betrachtete seinen Fang.

»Da bist du endlich«, sagte er. »Aber du bist grau geworden!«

»Ja«, sagte das Einhorn. »Ich bin grau geworden, weil ich meine Freiheit verloren habe. Du bist also der Zauberer und …«

»Still!«, rief dieser. »Das bleibt unser Geheimnis. Warum zitterst du so?«

»Du weißt es, warum fragst du?«, antwortete das Einhorn. Es schnaubte. Ein Beben überlief es und kräuselte sein Fell. »Was willst du hier von mir?«

»Du weißt doch, dass mich dein Anblick glücklich macht.«

»Du weißt doch, dass ich in der Gefangenschaft hässlich werde.«

»Das behauptest du – aber ich glaube, das wird nicht so bleiben. Es ist wohl nur eine Frage der Zeit. Zuerst wehrst du dich und wirst dadurch hässlich. Später gewöhnst du dich. Und schließlich bleibst du sogar gern bei mir. Auch die Gewohnheit hat die Kraft eines Zaubers! Wenn du einmal selbst bei mir bleiben willst, wird deine Schönheit zurückkehren. Darauf kann ich warten. Ich habe viel Geduld.«

Das Einhorn senkte betrübt den Kopf. »Die Geduld macht dich stark. Trotzdem glaube ich, dass du dich irrst.«

»Mag sein, mag auch nicht sein«, sagte der Zauberer. »Jetzt bist du jedenfalls erst einmal hier, allein das macht mich froh. Besitz macht glücklich.«

»Ein kurzes Glück!«

»Da sprichst du wahr! Aber vielleicht gibst du mir das Versprechen, nicht fortzulaufen. Dann könnte ich dich aus dem Käfig entlassen.«

»Mein Versprechen wäre ein noch festerer Käfig!« Das Einhorn stampfte auf. »Ich werde dir gar nichts geben, weder mein Wort noch ein anderes Versprechen, weder bei meinem Horn noch bei meinen silbernen Hufen. Ich werde dich verlassen, sobald ich kann. Das glaube mir!« Es wieherte empört, so laut, dass der Rabe erschrak und mit den Flügeln schlug.

»Ruhig, Kobolzer, ruhig«, rief der Zauberer ihm zu. Dann wandte er sich wieder an das Einhorn: »Bleib also im Käfig«, brummte er. »Wir sprechen uns später wieder.« Er ging mit seinem Raben in das Häuschen zurück. Doch in der Tür blieb er stehen, drehte sich um und rief in den Wald: »Kommt ihr zwei ruhig heraus! – Wenn ihr hungrig seid, bekommt ihr bei mir eine Kräutersuppe.« Mit diesen Worten verschwand er in der Tür.

Die Prinzessin sah den Müllerjungen zweifelnd an: »Können wir ihm trauen?«

»Willst du dich in einen Uhu oder in eine Kröte verwandeln lassen?«

»Glaubst du, er würde das tun?«

»Möglich wäre es doch. Ein Uhu wäre mir dann schon lieber. Dann könnte ich nachts durch den Wald fliegen. Das könnte sogar schön sein.«

»Wünsch dir nur nicht so etwas. Es ist wohl egal, ob wir hier bleiben oder hineingehen«, meinte die Prinzessin. »Wir sind schon in seiner Gewalt. Er kann uns hier wie dort verzaubern. Und wenn wir nicht gehen, überlassen wir ihm das Einhorn schutzlos. Wir haben nur eine Möglichkeit, es zu befreien – wir müssen mit ihm reden. Nicht jeder Zauberer ist böse. Jedenfalls sollten wir ihn freundlich stimmen, indem wir seine Einladung annehmen.«

»Vielleicht hast du recht! Und, wenn man hungrig ist, ist auch eine Kräutersuppe eine Verlockung. Also gehen wir.«

Im Zauberhaus

Die Prinzessin und der Müllerjunge streiften sich die Blätter von ihren Kleidern, ehe sie hinter dem Gebüsch hervorkamen. Um den Zauberer nicht zu reizen, gingen sie nicht zu dem Einhorn, das mit gesenktem Kopf im Käfig stand und mit der Spitze seines Hornes den Rasen berührte. Die beiden Kinder liefen zu dem Häuschen aus Stein. Die Tür öffnete sich von selbst. Die rostigen Scharniere kreischten: »Herzlich willkommen!«

»Hoffentlich werden wir nun nicht in Uhus verwandelt«, flüsterte die Prinzessin. Sie fasste den Müllerjungen an der Hand, denn sie fürchtete sich ein wenig. Auch der Müllerjunge war besorgt.

Als sie die Stube betraten, roch die Luft nach Rauch, Schimmel und Leder. Das Licht dämmerte durch kleine staubtrübe Fenster.

Die Stube war voller Tiere. Sie wuselten überall durcheinander, auf dem Fußboden, auf den Tischen zwischen den Gefäßen oder auf den Stühlen: Sie krakeelten, bellten, knurrten, murrten, krähten, gackerten und schnauften. Da war ein Fuchs, dort ein Kaninchen – hier ein Wolf, da ein Marder, dort ein Dachs – und viele andere Tiere, dazu Ratten und Mäuse. Und Vögel aller Art, die herumschwirrten oder auf den Möbeln standen. Auf einem Tisch verstaubten Flaschen, Retorten und Zylinder. Daneben lagen Löffel, Zangen, Schachteln und Dosen. Und auf dem Boden gab es Töpfe und Pfannen. Alles war verschmiert, verdreckt oder schadhaft. Spinnweben hingen an der Decke zwischen den Balken.

Auf einem Lehnstuhl mit drei Beinen – als viertes dienten aufgestapelte Bücher – saß der alte Mann mit seinen flammend roten Haaren und funkelnden Augen. »Kommt näher«, lud er sie ein. Der Rabe auf seiner Schulter spreizte die Flügel.

Der Müllerjunge fasste sich ein Herz. »Sind das alles verzauberte Kinder?«, fragte er.

»Dummes Zeug«, antwortete der Zauberer. »Glaube nur nicht, dass Kinder mir so wichtig sind, dass ich verrückt darauf wäre, sie zu verzaubern und bei mir zu haben. Nein, das lohnt nicht! Es sind alles Tiere des Waldes, die mich besuchen, weil ich sie eingeladen habe.«

Die Prinzessin und der Müllerjunge atmeten auf.

Der Zauberer scheuchte die Tiere zur Seite, an die Wände. Sie schimpften – jedes auf seine Weise.

»Lauter Gesindel«, sagte der Zauberer. »Aber sie verraten mir viel: aus dem Wald, von Feld und Flur, vom Himmel und von der Erde. – Nun ja ... Und warum seid ihr hier?«

»Das wisst Ihr doch«, erwiderte der Müllerjunge naseweis. Er war etwas mutiger geworden.

»Ich weiß viel, aber man weiß nie alles. Ihr könnt mir gewiss noch einiges berichten. Jeder betrachtet sich selbst anders, als ihn fremde Leute sehen. Doch verschieben wir das erst einmal. Die Geduld enträtselt das meiste, und die Zeit lehrt alles. Reden wir jetzt über das silberne Einhorn. Ihr seid bei mir, weil ich es haben möchte. Es fehlt mir.«

»Aber es ist mein Einhorn«, sagte die Prinzessin.

»Ich weiß nicht, ob es irgend jemandes Einhorn ist«, antwortete der Zauberer. »In Wahrheit gehört kein Wesen einem anderen. Mein und dein – das sind nur Spiele.« Der Zauberer lachte.

»Es hat mir aber versprochen, mir zu folgen«, widersprach die Prinzessin.

»Das tat es – andererseits besteht es darauf, keinem zu gehören.«

»Wir wollen mit ihm zur Fee, damit sie meinen Vater von seiner Traurigkeit erlöst.«

»Da braucht ihr nicht weiterzugehen. Überlasst das Einhorn mir, ich bringe es der Fee, und deine Bitte wird genauso erfüllt!«

»Das könntest du tun?«

»Gewiss. Du musst nur die Wort sprechen: ›Es ist dein Eigen!‹«

»Ach so – das willst du! Das werde ich nicht tun. Niemals! Ich bin zwar aufgebrochen, um der Fee das Einhorn zu bringen, aber ich werde es ihr nicht zu eigen geben. Ich übereigne es ihr nicht. Ich will sie selber bitten, meinen Vater zu erlösen. Denn dann habe ich ihre Bedingung erfüllt und ihr das Einhorn gebracht.«

Der Zauberer zuckte zusammen. Er fragte: »Du willst es mir nicht lassen?«

»Niemals!«

Der Zauberer schloss die Augen. Er dachte

lange nach. Dann sagt er: »Komm einmal näher, Prinzessin.« Er lockte sie mit dem Zeigefinger. Zögernd machte die Prinzessin ein paar Schritte auf ihn zu. Der Müllerjunge wollte sie nicht alleine gehen lassen.

»Du wartest«, rief ihm der Zauberer zu. Der Rabe auf seiner Schulter ruckte und krächzte.

»Du wärest also nicht gern ein Uhu?«, fragte der Zauberer die Prinzessin.

»Nein!«, rief diese. »Ich will doch keine Mäuse fressen.«

»Wenn du ein Uhu wärest, würdest du nichts lieber tun, als Mäuse zu fressen. Sage mir, was du dir wünschst, und ich sage dir, was du bist!«

Der Müllerjunge fragte: »Kannst du wirklich jeden verzaubern? Das würde ich gern auch können!«

»Einen Menschen völlig zu verändern, ist das Schwerste«, erwiderte der Zauberer. »Man kann dabei selbst verwandelt werden.« Er schwieg einen Moment, lachte kurz auf und sagte dann: »Zumindest ich bekomme dabei mächtige Bauchschmerzen.«

»Als ob das jetzt wichtig wäre. Denk lieber an das Einhorn«, rief die Prinzessin dem Müllerjungen zu. »Es steht draußen im Käfig und will frei sein.«

»Nun, es muss warten«, sagte der Zauberer zu ihr. »Das rechte Warten ist ein Sammeln des Glücks. Je mehr man sich nach etwas sehnt, desto größer die Freude, wenn es sich erfüllt.«

»Ich glaube aber, du selbst wärest am glücklichsten, wenn du es freigeben würdest«, rief der Müllerjunge.

»Naseweis! Du bist wirklich nicht dumm!«, sagte der Zauberer.

»Bitte!«, sagte die Prinzessin.

»Sag nicht ›bitte‹«, knurrte der Zauberer.

»Ich bitte dich trotzdem«, rief die Prinzessin. »Und noch etwas: Hilf uns, die Fee zu finden! Hilf uns, sie umzustimmen, damit sie den Bann von meinem Vater und seinem Reich nimmt. Er soll nicht mehr traurig sein.«

»Ja, kannst du denn Gedanken lesen?« Der Zauberer schüttelte verwundert sein Haupt. »Diese Fee und ich ... Ich und diese Fee ... Es gibt Leute, die haben zwei Gesichter ... Aber das geht dich nichts an! Ich sage trotzdem: Nein!«

»Bitte!«, flüsterte die Prinzessin. Sie trat auf ihn zu und sie wagte es, ihre Hand auf seine zu legen.

»Hör auf!«, sagte er.

»Ich würde dir immer dankbar sein!«

»Dankbarkeit ... Das wäre wirklich mal was Neues für einen alten Zauberer!«

»Und meinem Vater könntest du helfen!«

»Das reizt mich weniger!«

»Du könntest in unserer Burg leben. Oder in einem Turm. Und du kämst unter Leute, heraus aus dieser einsamen Bude!«

»Nun, auch das wäre mal etwas anderes ... Was meinst du, pechschwarzer Kobolzer?«, fragte er seinen Raben.

»Ich halte nichts davon!«, krächzte dieser ärgerlich.

»Bitte«, flehte die Prinzessin.

»Jetzt hast du schon wieder ›bitte‹ gesagt. Weißt du denn, dass ›bitte‹ ein starkes Zauberwort ist? Ich ändere also meine Pläne. Ich entlasse das Einhorn jetzt aus dem Käfig, damit es zu uns hereinkommen kann. Und morgen früh brechen wir gemeinsam auf. Ich werde euch begleiten und euch den Weg zur Fee zeigen.«

Die Prinzessin küsste den Zauberer auf die Wange. Entrüstet krächzte der Rabe und rückte zur Seite.

»Na, so was«, sagte der Zauberer. »Das ist mir nun wirklich noch nie passiert.« Im gleichen Augenblick ging die Tür auf, die Scharniere kreischten: »Herzlich willkommen«, und das Einhorn erschien auf der Schwelle. Da stand es – wieder in seinem schimmernden Glanz.

Alle Tiere schauten es an. Nach einer Pause des Staunens begannen sie zu blöken, zu bellen, zu meckern und zu krähen, jedes auf seine Weise.

»Da hört man es mal wieder«, sagte der Zauberer. »Die Tiere sind wie Menschen, und die Menschen sind wie Tiere. Beide schnattern und zetern, wenn sie sich aufregen.«

»Oder sie sind ganz still«, sagte die Prinzessin.

Die Tiere des Zauberers

Der Zauberer lächelte verschmitzt. »Würdet ihr gern verstehen, was meine Tiere sagen?«, fragte er. »Dann kommt beide zu mir.«

Als auch der Müllerjunge näher getreten war, fuhr der Zauberer ihnen mit dem Zeigefinger über die Ohren. Sofort verstanden sie, was die Tiere plapperten.

»Es ist eines! Es ist eines!«, schnaufte der Dachs.

»Was soll es sein, du Dummkopf?«, zischte eine Ratte.

»Ich hab einmal eins im Wald gesehen, es war in einer Nacht. Es war im Wald. Da kam es durch die Bäume und leuchtete, fast wie das Mondlicht«, erklärte die Eule.

»Schätze, es war dasselbe«, meinte der Bussard würdevoll. »Es soll ja auch nur noch dieses eine geben!«

»Geht doch beiseite oder lasst uns vor, wir sind

so klein«, fiepten die Mäuse. »Wir können nichts sehen, wenn ihr vor uns steht.«

»Warum verzieht ihr Winzlinge euch nicht auf das Regal? Da habt ihr den besten Platz«, pfiff ein Eichhörnchen.

»Ach nein, dort hocken die Falken. Da trauen wir uns nicht hinauf!«

»Passt auf, dass euch die Eulen nicht schnappen«, riefen ihnen die Falken spöttisch zu.

Die Mäuse rückten gleich von den Eulen ab.

»Wer hier den anderen frisst, fliegt raus, oder er wird zum Gefressenwerden freigegeben!«, drohte der Zauberer.

»Ich sag es ja, ihr sollt das Streiten lassen«, mümmelte das Kaninchen, indem es sich auf die Hinterläufe setzte. »Seht euch lieber dieses hübsche Tier an. Noch nie habe ich etwas so Schönes gesehen.« Es meinte das Einhorn.

»Uhhh ... Uhhh ...«, heulte der Wolf. »Mach bloß kein Männchen. Dein heller Bauch wirkt zu appetitanregend auf mich! Das reizt mich so, dass ich für nichts garantieren kann.«

»Ach du«, erwiderte das Kaninchen zitternd. »Hast du nicht gehört, was der Meister gesagt hat?«

»Ja, aber ich wüsste hier keinen, der mich fressen

könnte«, antwortete der Wolf und sah sich hochmütig um.

Nun wechselte der Rabe auf der Schulter des Zauberers die Kralle, auf der er stand. »Leute«, krähte er. »Ihr seht das silberne Einhorn. Es ist ein Märchentier. Daher braucht es sich weder vor dem Wolf noch vor dem Adler zu fürchten.«

»Jawohl, ein Fabeltier«, heulte die Waldeule. Immer musste sie zeigen, wie gelehrt sie war. Sie schloss eines ihrer Augen, dafür öffnete sie das andere umso weiter.

»Was ist eigentlich ein Fabeltier?«, fragte der Marder.

»Ein Fabeltier ist ein Fabeltier ist ein Fabeltier«, erklärte die Eule empört. »Basta!«

»Märchen kennt doch jeder«, stimmte der Rabe zu. »Was braucht man da zu erklären!«

»Aber wozu hat es dieses lange spitze Ding auf der Nase?«, piepste eine besonders kleine Maus.

Darauf antwortete keiner. Es war ja auch eine zu dumme Frage. Denn ein Einhorn ohne Horn gibt es nicht, weil es dann kein Einhorn wäre!

»Nun ist Schluss!«, rief der Zauberer. »Stellt euch in eine Reihe und zieht los. Immer einer hinter dem anderen. Geht einmal langsam um das Einhorn herum und betrachtet es ruhig. Danach verschwindet wieder in den Wald. Ich werde euch für einige Tage verlassen.« Er klatschte in die Hände.

Die Tiere setzten sich in Bewegung. Sie umkreisten das silberne Einhorn. Es stand in der Mitte der Stube, das Horn gerade gerichtet. Einen Vorderhuf stellte es auf die Spitze, sein Schwanz wedelte um sein Hinterteil. Mit seinen großen, von schwarzen Wimpern umsäumten Augen schaute es die Tiere an, und die Tiere wurden verlegen. Die Eule blieb kurz stehen und kratzte sich mit einem Fuß hinter dem Ohr. Der Falke nickte und verbeugte sich, das Kaninchen hob einen Vorderlauf, der Fuchs verzog seine Schnauze wie zu einem Lächeln und die Mäuse machten Männchen.

Danach zogen sie durch die Tür, die sich vor ihnen öffnete und »Lebt wohl!« quietschte.

»Raus auch mit dir, Kobolzer«, knurrte der Zauberer. »Du hast deinen Spaß gehabt. Aber wir werden uns wiedersehen.«

»Das will ich meinen«, krächzte der Rabe. »Aber es ist doch auch schön, mal wieder unter meinesgleichen zu sein!« Er flog davon, flatterte durch die Tür, die sich von selbst hinter ihm schloss, indem sie vernehmlich seufzte: »Endlich Ruhe!«

Vor dem Kamin

Nun waren das silberne Einhorn, die Prinzessin und der Müllerjunge mit dem Zauberer allein. Es war allmählich dunkler geworden. Der Abend fiel vom Himmel und kroch durch die Fenster.

»Machen wir es uns gemütlich und zünden ein Licht an«, schlug der Zauberer vor. Er schnippte mit den Fingern und der Tisch rückte rumpelnd zur Seite. Ein Streichholz flammte in der Luft auf, schwebte brennend zu einer Kerze und steckte sie an. In der Wand erschien eine viereckige Vertiefung. Das war der offene Kamin. Die Kerze stieg aus dem Leuchter, sie schwebte in die Feuerstelle, brachte Papier und Holz zum Brennen. Bald loderten die Flammen. Ein Sessel wanderte scharrend zum Kamin und danach kamen zwei Kissen. Der Zauberer zeigte darauf. »Setzt euch dorthin«, lud er die Kinder ein. Sie kauerten sich vor die Flammen.

»Und du leg dich zu uns«, bat der Zauberer das silberne Einhorn, als er sich in seinen Sessel niederließ. »Ich möchte mich an deinem Anblick erfreuen. Wer das Schöne bewundert, verschönert sein eigenes Inneres.« Seine Stimme war jetzt völlig verändert, sie war so warm wie die einer weisen Frau, die ein Märchen erzählt.

Sanft legte sich das Tier vor das Feuer, über sein Haarkleid zuckte der Schein der Flammen. Seine Hufe blitzten. Sein Schweif und seine Mähne funkelten. Es schloss die Augen und bettete sein Haupt mit dem schimmernden Horn auf die Vorderläufe.

»Kriegen wir jetzt die Kräutersuppe?«, fragte der Müllerjunge.

»Ach, richtig, die Kräutersuppe«, der Zauberer lachte und rieb die Hände aneinander. Sofort schwebten zwei duftende, dampfende Teller herbei, direkt in die Hände der Prinzessin und des Müllerjungen. Es war die köstlichste, gehaltvollste Gemüsesuppe, wie sie nur die Mütter im fernen Italien zu kochen verstanden. Die beiden Kinder löffelten eifrig.

»Könntest du mir nicht das Zaubern beibringen?«, fragte der Müllerjunge. »Ich möchte so gern dein Schüler werden. Ich würde auch alles für dich tun: Aufräumen, Staubwischen, Holzhacken, Kaffeekochen ...«

Der Zauberer schüttelte den Kopf: »Das könnte dir so passen, mir ins Handwerk zu pfuschen. Aber im Ernst. Du brauchst es nicht zu lernen. Du kannst es jetzt schon, genau betrachtet. Es ist keine so seltene Kunst. Jeder Handwerker zaubert, jeder Künstler zaubert, jede Köchin zaubert. Jeder, der ein Ding verändert oder ein neues schafft – was eigentlich dasselbe ist –, zaubert. Der einzige Unterschied ist, dass er dazu Zeit und Können braucht. Arbeit und Können sind die besten Zauberstäbe. Sei zufrieden mit dem, was du kannst, und lerne es zu beherrschen. Das ist der Zauber, der jedem zur Verfügung steht. Du kannst viel verwandeln. Zwar nicht gerade Menschen in Tiere – oder doch nur in deiner Fantasie. Aber du verwandelst Gedanken in Worte, du verwandelst Gefühle in Musik. Und du kannst einen Wütenden in einen Friedlichen und einen Traurigen in einen Fröhlichen verwandeln – durch die richtigen Worte und durch die Art, wie du mit ihm umgehst. Du nennst es nur nicht Zauberei. Und das Beste – du kannst es darin so weit bringen, dass du mächtiger wirst als ein König. Es ist eine Kunst, mit der du die Welt verändern kannst.«

»Ich verstehe nicht«, murmelte der Müllerjunge.

»Lerne die Gefühle der Menschen kennen und begegne ihnen mit Liebe. Gehe auf sie ein«, sagte der Zauberer. »Das ist eine große Kunst – aber zugleich auch die wirkungsvollste. Vergiss dich selbst. Denke an die anderen. Dann fliegen sie dir zu!«

»Das verstehe ich auch nicht ...«, erwiderte der Müllerjunge. »Oder vielmehr – ich glaube es nicht!«

»Du bist eben noch sehr jung. Da denkt man nur an sich selbst. So soll es auch sein. Aber später wirst du es vielleicht lernen. Du glaubst gar nicht, wie langweilig es ist, immer gleich alles zu bekommen, was man haben will. Nur wer noch wünscht, ist glücklich. Deshalb wünsche ich ... wünscht sich ja die Fee das Einhorn so sehr.« Als er das gesagt hatte, schlug er sich auf den Mund und rief: »Aber was plappere ich denn da!«

Das Holz im Kamin prasselte. Der Zauberer schwieg eine Weile. Dann sagte er: »Nun zu etwas anderem. Ihr seid einen weiten Weg gegangen. Ihr habt eine Menge Abenteuer erlebt, aber das schwerste liegt noch vor euch.«

»Die Fee!«, sagte die Prinzessin.

»Ja, die Fee. Sie ist unberechenbar. Man weiß nie, wie sie etwas aufnimmt. Sie spielt mit allem, auch mit sich selbst. Am meisten liebt sie es, immer wieder in anderen Gestalten zu erscheinen.«

»Ach«, sagte die Prinzessin, »deshalb ist sie bei meinem Vater als böse Fee erschienen?«

»Sie kann auch schön sein. Sie kann sogar gütig sein, wenn man den rechten Ton trifft und das richtige Wort sagt. Sie schlüpft sogar in das Gewand von ...« Der Zauberer schlug sich wieder mit der Hand auf den Mund. »Na, egal! Macht euch auf alles gefasst!«

»Bleibst du bei uns, um uns zu helfen?«

»Ich kann euch nur bis zu ihrer Insel bringen. Dort muss ich verschwinden. Nie werdet ihr mich und die Fee nebeneinander sehen. Bei ihr müsst ihr euch selber helfen!«

»Das ist schlecht«, meinten die Prinzessin und der Müllerjunge zugleich.

»Es genügt, dass ich euch helfe, die Insel zu finden. Dazu müsst ihr über das Meer. Wisst ihr schon, wie ihr das machen wollt?«

»Vielleicht finden wir einen Fischer mit einem Boot«, hoffte der Müllerjunge.

»Naseweis! Ein Fischer erreicht die verzauberte Insel nicht. Für ihn bleibt sie unsichtbar.«

»Kannst du uns nicht in Fische verzaubern, damit wir hinschwimmen, oder in Vögel, so dass wir hinfliegen können?«

»Das werde ich nicht tun. Wer etwas verzaubert, muss sicher sein, dass es in der neuen Gestalt bleiben will. Ein Zurück ist meist unmöglich. Und ihr wollt ja wohl keine Fische oder Vögel bleiben. Aber Vögel ... Vögel ... Das bringt mich doch auf einen Gedanken.«

»Was meinst du?«

»Lasst euch überraschen. Und legt euch schlafen. Wir haben einen weiten Weg vor uns.«

Das Einhorn lag regungslos vor dem Kamin. Das rote Licht flammte über sein silbernes Fell.

Der Zauberer klatschte in die Hände. Das Feuer erlosch. Der Kamin verschwand. An seiner Stelle erschienen zwei Betten. »Hier werdet ihr gut träumen«, sagte der Zauberer. »Ich schlafe woanders.« Er deutete an die Decke, eine Klappe öffnete sich und eine Leiter kam herab. Der Zauberer stieg hinauf. Die Leiter verschwand, und die Klappe ging zu.

Die beiden Kinder krochen in die Betten. Der

Müllerjunge schlief rasch ein. Das silberne Einhorn legte sich vor das Bett der Prinzessin. Nun war seine Mähne wie ein Schleier im Mondlicht. Und sein Perlhorn schimmerte.

»Einhorn«, flüsterte die Prinzessin. »Ich hab dich lieb.«

»Ich dich auch«, antwortete das Einhorn.

»Dich hat jeder lieb«, sagte die Prinzessin.

»Vielleicht«, antwortete das Einhorn.

»Und wie kann ich es machen, dass jeder mich lieb hat?«

»Indem du die anderen liebst!«

»Ist das alles?«

»Es ist sehr viel: Wenn es dir wirklich gelingt, wird vieles einfach.«

»Aber wie erkenne ich, ob ich genug liebe?«

»Wenn du nicht mehr danach fragst, ob du geliebt wirst, sondern nur noch wünschst, dass die anderen glücklich sind.«

»Das verstehe ich nicht«, murmelte die Prinzessin.

»Das wird schon noch«, antwortete das Einhorn.

Der Riese

Der Morgen kam mit Klarheit. In aller Frühe brachen sie auf. Am Waldrand hatten sich die Tiere versammelt. Die Vögel saßen auf den Bäumen, die Eule blinzelte angestrengt. Die vierbeinigen Tiere lugten aus dem Unterholz, das Kaninchen hielt Abstand vom Fuchs und vom Wolf, die Mäuse von den Raubvögeln.

Die Sonne hing noch tief, doch langsam wurde es wärmer und heller. Der Zauberer, die Prinzessin, der Müllerjunge und das Einhorn gingen durch den Wald, vorbei an Lichtungen mit Wiesen. Dort blühten viele Blumen. Der Zauberer stapfte schweigend voran. Sein Mantel war so lang, dass er ihn anheben musste, um nicht darüber zu stolpern. Das Einhorn schritt leicht und federnd dahin. Wenn der Wind wehte, flogen die langen Haare der Prinzessin. Und der Müllerjunge spielte manchmal gedankenlos mit dem Stein, den sie ihm geschenkt hatte – damals, am

See. Wenn ich doch zaubern könnte, dachte er immer noch.

Der Weg führte durch eine Schlucht. Rechts und links türmten sich Felswände. Sie hörten ein Dröhnen. Es war wie dunkle Musik. Sie hielten an, um zu lauschen.

»Merkwürdig«, flüsterte der Zauberer. »Wonach klingt das?«

»Es klingt nach dem Lied: ›Das Wandern ist des Müllers Lust‹«, antwortete der Müllerjunge.

Das Echo hallte. Dann hörten sie es poltern und scharren.

»Es sind Schritte«, murmelte der Zauberer. »Ach natürlich! Das wird der Riese sein.«

Das Beben wurde stärker. Vögel stoben auf. Gemsen jagten die Felsen hinauf. Ein langer, dunkler Schatten glitt hinter einer Biegung hervor, er wuchs und wuchs.

Dann stand der Riese vor ihnen. Er versperrte ihnen den Weg. Er war ein Koloss. Er trug ein Gewand aus tausend Fellen. Seine Arme und Beine waren nackt, seine Lippen wulstig. Seine Nasenlöcher waren wie offene Höhlen. Seine Augen verschwanden fast im Gestrüpp seiner Augenbrauen. Doch die Backen waren rasiert.

Dazu benutzte er eine Sense, die er einem Bauern weggenommen hatte.

»Guten Tag«, wünschte der Zauberer in die Höhe, so, als ob er keinen Riesen, sondern einen gewöhnlichen Menschen vor sich hätte.

»Rede lauter«, kam es von oben. »Ich höre nur ein Piepsen.« Der Riese ging in die Hocke.

»Lass uns vorbei«, bat der Zauberer.

»Nein«, antwortete der Riese. »Es gefällt mir, dass ihr hier seid. Ich will mich mit euch unterhalten. Es kommen fast nie Leute in meine Einsamkeit.« Seine Worte dröhnten.

»Das ist freilich nicht schön«, rief die Prinzessin.

»Was piepst du?«, polterte er.

»Ich meine, so einsam, das muss schlimm sein«, schrie die Prinzessin.

»Das kannst du wohl glauben, du Maus«, war die grollende Antwort.

»Es ist keine Maus. Sie ist die Prinzessin«, brüllte der Müllerjunge, den Kopf im Nacken.

»Habe ich dein Flüstern richtig verstanden? Eine Prinzessin? Na, so was! Das ist mal eine Überraschung. Herzlichen Glückwunsch mir selber. Da freu ich mich aber.«

Jetzt erblickte der Riese das Einhorn. Es stand tief unter ihm. »Und was ist das? Ein silberner Käfer? Er scheint hübsch zu sein!«

»Es ist das silberne Einhorn«, rief die Prinzessin so laut sie konnte. »Es bleibt bei keinem. Es will frei sein!«

»Aber ich will es besser sehen«, donnerte der Riese. Er ließ seine Hände auf den Boden sinken, so sanft, wie man es ihm nicht zugetraut hätte. Er nahm das Einhorn mit zwei Fingern seiner rechten Hand und setzte es sich auf seine linke. Er hob es über seine großen Nasenlöcher vor seine Augen, in denen es sich spiegelte. Es stand ganz still, sein Horn war auf die gewölbten Scheiben gerichtet.

»Ja, du bist niedlich«, murmelte der Riese. Seine Stimme war nun wie Hummelsummen. »So etwas Niedliches habe ich noch nie gesehen.« Er senkte seine Hand ein wenig und pustete sanft. Dem Einhorn flogen die Mähne und der Schweif.

»Riesiges Ehrenwort, sehr reizend«, flüsterte der Riese. »So ein Spielzeug hätte ich gerne.«

»Ich bin kein Spielzeug«, schnaubte das Einhorn. »Bitte lass mich wieder runter, bevor mir schwindlig wird.«

»Nur noch einen Augenblick. Sag mir, wer ist der alte Kerl, der sich mal die roten Haare kämmen müsste?« Er meinte den Zauberer. »Und wer ist der Knabe mit den vielen Fliegenklecksen im Gesicht?« Er meinte den Müllerjungen mit seinen Sommersprossen.

»Setz mich ab und leg dich nieder«, bat das Einhorn. Vorsichtig tat der Riese, was ihm gesagt wurde. Er setzte zuerst das Einhorn ab, hockte sich dann selbst hin und legte seinen Kopf auf den Boden. Sein Ohr war wie ein Scheunentor.

»Wie groß du bist«, sagte die Prinzessin.

»Oder wie klein ihr seid«, grummelte der Riese. »Es kommt darauf an, mit wem man sich vergleicht. Was mich betrifft, so ist nur ein Berg größer. Für einen Berg bin ich klein.«

»Ist es nicht schön, so groß zu sein, fast wie ein Berg?«

»Ach, Berge reden nicht! Sie langweilen mich!«

»Und Bäume?«

»Bäume sind auch klein«, murmelte der Riese. »Nur manchmal pfeift der Wind durch ihre Äste und orgelt in ihren Kronen. Aber sonst ...«

»Es ist sicher toll, so groß zu sein«, meinte der Müllerjunge. »Ich wünsche es mir!«

»Naseweis. Wünsch dir das nur nicht«, sagte der Riese mit seiner tiefen Stimme. »Wer größer sein will als seine Freunde, wird einsam. Bleibe bescheiden, wenn du fröhlich leben willst. Niemand will mit dir plaudern, zu niemandem kannst du dich gemütlich an den Tisch setzen, ohne dass er beiseiterückt. Es ist scheußlich!«

»Armer Riese«, die Prinzessin reckte sich auf die Zehenspitzen und streichelte seine Nase.

»Hatschi«, machte der Riese und alle fielen auf den Rücken.

»Entschuldigung«, murmelte der Riese. »Da seht ihr es, so ist es immer. Entweder mache ich etwas kaputt oder ich werfe etwas um.«

Alle standen wieder auf und klopften ihre Kleider aus. Der Müllerjunge sagte: »Da bleibe ich doch lieber ein Müllerjunge.«

»Was bist du? Ein Müller?«

»Ja.«

»So einer mit Mühlsteinen, zwischen denen das Korn zermahlen wird?«

»Ja.«

»So einer, der weiß von Mehl ist?«

»Ja.«

»Und deine Mühle hat vier Flügel, die sich im

Winde drehen? So wie in dem Lied: ›Es klappert die Mühle am rauschenden Bach, klipp-klapp‹?«

»Ja doch.«

»Oder: ›Das Wandern ist des Müllers Lust‹?«

»Ja, ja – und noch viel mehr.«

»Wie gerne wäre ich ein Müller«, rief der Riese, und es war wie ein Sturm. »Da kommen die Bauern mit ihren Säcken voll Korn, und ich kann mit ihnen schwatzen. Dann holen sich die Bäcker das Mehl. Und ich kann mit ihnen handeln. Am Sonntag treffe ich mich mit ihnen im Wirtshaus und kann mit ihnen Karten spielen.«

»Du musst aber auch hart arbeiten«, gab der Müllerjunge zurück.

»Arbeit? Aber das ist doch eine Freude«, rief der Riese.

»Stark genug wärst du wohl«, sagte der Müllerjunge nachdenklich.

»Aber was nützt mir das?«

Zwei dicke Tropfen kullerten aus den Augen des Riesen. »Was nützt es, wenn du jede Mauer einreißen und jeden Baum umwerfen und Felsbrocken werfen kannst wie Kieselsteine. Das macht man einmal und dann nie mehr. Ich sage euch, es ist viel besser, klein zu sein. Einem Kleinen hilft jeder gern. Vor einem Riesen läuft jeder davon.«

Man sah dem Müllerjungen an, dass ihm etwas durch den Kopf ging. Er fragte den Zauberer: »Kannst du den Riesen nicht kleiner machen?«

Der Zauberer verzog das Gesicht. Er brummte etwas Unverständliches.

»Bitte«, flüsterte die Prinzessin.

»Auch jetzt dein verflixtes ›bitte‹?«

»Dann könnte er zu meinem Vater gehen.«

»Ich glaube nicht, dass sich der König freut, wenn so ein Monstrum wie ich in sein Schloss will. Ich passe ja durch keine Tür«, brummte der Riese.

»Wenn er kleiner wäre und die richtige Größe hätte, könnte er meiner Mutter helfen«, sagte der Müllerjunge.

»Deine Mutter wird die Hände über dem Kopf zusammenschlagen und davonlaufen«, sagte der Riese gereizt.

»Vielleicht kann ich dir doch helfen!«

Der Zauberer überlegte.

»Ausnahmsweise! Willst du wirklich zu den anderen gehören und vergessen, dass du jemals ein Riese gewesen bist? Das müsstest du nämlich, denn andernfalls würdest du vielleicht unglücklich werden. Es ist überhaupt nicht einfach, nicht größer sein zu wollen als die anderen!«

»Es wäre ein Glück für mich«, widersprach der Riese. »Dann hätte ich viele Freunde. Jetzt bin ich ganz allein.«

»Ich nehme dich beim Wort«, murmelte der Zauberer. Er schloss die Augen und drehte sich dreimal um sich selbst. Dabei flogen seine roten Haare – und je öfter er sich drehte, desto mehr schrumpfte der Riese ein. Zunächst auf die Hälfte, dann auf die Hälfte der Hälfte, dann auf die Hälfte der Hälfte der Hälfte ...

»Ach, jetzt bin ich aber schwindelig geworden und habe Bauchweh«, rief der Zauberer. Er taumelte und fiel zu Boden. Aber der Riese war nur noch so groß wie ein normaler Mensch, ein bisschen größer und stärker, das schon, aber wenn man nicht wusste, dass er einmal ein Riese gewesen war, dann merkte man es nicht.

»Ach«, rief der kleine Riese und schaute die Prinzessin mit glücklichen Augen an. »Wie hübsch du bist! Jetzt kann ich es erst richtig sehen.«

Wenn er auch immer noch ein ziemlich großer Mensch war, so war er doch nicht mehr zum Fürchten.

Der Zauberer saß im Gras. Er stützte sich mit beiden Händen auf. »Ich wundere mich selbst, wie gut es geklappt hat«, murmelte er. »Ich glaube, es kommt daher, dass du selbst die Veränderung wolltest. Sie ist aber noch nicht vollendet. Alles andere musst du selber tun. Hör auf, dich immer als der Größte zu fühlen, erwarte nicht, dass man dich bestaunt und bewundert. Erhebe dich nicht über irgendeinen anderen, dann werden dich alle lieben. Das ist das ganze Geheimnis.«

»Ich will es mir merken«, rief der frühere Riese. »Jetzt sehe ich erst, wie groß ihr selber seid! Früher hielt ich euch für klein, aber das stimmt ja gar nicht!«

»Du bist ein netter Kerl«, meinte die Prinzessin. »Ich glaube, man könnte dich gern haben.«

Der kleine Riese wurde rot. Verlegen wandte er sich ab und half dem Zauberer wieder auf die Beine. Der legte beide Hände auf seinen Bauch und murmelte: »Verdammt, von so großen Aufgaben bekomme ich immer schreckliche Magenschmerzen. Na ja, es vergeht.«

»Nun kannst du zu meinem Vater gehen«, sagte die Prinzessin zum klein gewordenen Riesen. »Aber denk auch daran, dass meine Mutter einen starken Gesellen braucht«, rief der Müllerjunge.

»Ich bin schon auf dem Weg«, antwortete der kleine Riese. Fröhlich lief er davon. Als er sich umdrehte, um noch einmal zu winken, sah er schon so klein aus wie ein Zwerg.

»So geht es allen, die fortgehen«, murmelte der Zauberer. »Jeder verschwindet mit der Entfernung.«

Dann machten sich auch die vier wieder auf den Weg.

Als es Nacht wurde, legten sie sich zwischen Steine, in denen Sonnenwärme gespeichert war. Der Zauberer schlummerte bald, wenigstens tat er so. Und der Müllerjunge schlief fest.

Das Einhorn rollte sich neben die Prinzessin. In seinen blanken Hufen spiegelten sich die Sterne. Sein Fell war wie eine helle Wolke.

»Einhorn«, flüsterte die Prinzessin.

»Ja«, antwortete das silberne Einhorn ebenso leise.

»Warum sind Riesen so groß?«

»Weil du so viel kleiner bist. Es gibt ja kein groß oder klein ohne etwas anderes, mit dem es verglichen werden kann. In einer Welt von Riesen wäre der Riese nicht größer als die anderen. Und für die Riesen wärest du winzig. Aber für eine Ameise bist du ein Riese.«

»Ja«, flüsterte die Prinzessin. »Aber für meinen Papa und für den Müllerjungen und alle anderen Menschen bin ich gerade richtig so, wie ich bin.«

»So ist es«, sagte das Einhorn.

»Das verstehe ich diesmal sogar«, meinte die Prinzessin.

Bei den Schwänen

Als der Zauberer, die Prinzessin, der Müllerjunge und das Einhorn am nächsten Morgen aufbrachen und eine Weile gegangen waren, ragten hohe Berge vor ihnen auf, die sie erklimmen mussten. Nach langem Aufstieg erreichten sie einen Pass. Danach wurde es wärmer, denn sie kamen in den Süden. Sie sahen Kakteen, Palmen und Bananenstauden. Hinter einer schmalen Landzunge breitete sich das Meer aus. Hoch oben flogen Vögel mit gestreckten Hälsen. Die vier Wanderer hörten ihre Flügel schlagen.

»Das sind die Schwäne«, sagte der Zauberer. »Von hier kommt ihr zur Insel der Fee.«

Sie liefen weiter und kamen auf eine Düne aus gelbem Sand. Seidenblau spannte sich der Himmel darüber. Davor öffnete sich eine Bucht. Sand und Wasser waren übersprenkelt von weißen Tupfern – wie zahllose Watteballchen.

»Da sind sie, die königlichen Vögel«, rief der Zauberer.

»Sollen wir denn mit denen fliegen?«, fragte der Müllerjunge. »Für die sind wir doch viel zu groß – oder sie sind zu klein für uns.«

»Erinnere dich an den Riesen, Naseweis.«

»Dann musst du aus uns Zwerge machen! Aber meine Mutter wäre bestimmt unglücklich, wenn ich als Winzling zurückkäme. Und mir würde es auch nicht gefallen. Denn nichts wünsche ich mir weniger, als klein zu sein.«

Der Zauberer schnaubte durch die Nase: »Wer nichts wagt, der nichts gewinnt«, meinte er. »Das sagt schon das Sprichwort. Also vorwärts!« Sie schlitterten und rutschten auf dem Sand der Düne in die Bucht hinab.

Als die weißen Tiere sie bemerkten, schwammen sie aus dem Meer herbei. Schwerfällig watschelten sie zu einem rotem Stein, der wie ein Block auf dem Strand lag. Ihre Hälse schwankten dabei wie die Stängel von Wasserpflanzen in bewegter See.

Der größte Vogel, der Schwanenkönig, erhob sich, halb hüpfend, halb flatternd bestieg er den Stein.

»Wartet«, bat der Zauberer die Kinder und das silberne Einhorn. Er ging allein zu den Vögeln. Diese Tiere waren die Ritter des Schwanenkönigs, sie öffneten ihre Reihen, es entstand eine Gasse, durch die der Zauberer hindurch musste. Schwarze Augenpunkte über gelben Schnäbeln blickten ihn an – aus sehr kleinen Köpfen über großen Körpern.

Dann schloss sich der Kreis, der Zauberer trat an den Stein und sprach mit dem Schwanenkönig, der ihm seinen Hals entgegenreckte.

Es verging eine Weile. Endlich winkte der Zauberer mit seinem wehenden Mantel den drei Wartenden zu, sie möchten kommen. Als sie sich den Schwänen näherten, erhoben sich diese auf ihren Schwimmfüssen, reckten die Hälse, blähten die Brüste und schlugen mit den Flügeln. Es sah mächtig, sogar gefährlich aus.

Die Prinzessin flüsterte: »Mir wird fast ein wenig bange!«

»Mit Recht«, antwortete der Müllerjunge, »denn jeder einzelne dieser Vögel könnte uns zu Boden werfen.«

Die Schwäne hatten aber nichts Böses im Sinn. Sie bewunderten das silberne Einhorn und duldeten die Kinder. Sie schnatterten wie tausend Topfdeckel, die aneinandergeschlagen werden. Mit ihren Flügeln wirbelten sie den Sand auf.

Auch dem Schwanenkönig gefiel das schöne Tier. »Wir werden deinen Wunsch erfüllen«, erklärte er dem Zauberer. Es klang aus seinem Schnabel wie eine Mischung aus Zischen und Krächzen. »Aber der Flug ist weit!«

»Wir vertrauen der Kraft deiner Ritter«, sagte der Zauberer. Da befahl der Schwanenkönig acht Schwanenjunker zu sich. Mit ihnen an der Spitze bewegten sich alle Schwäne watschelnd ans Ufer. Der Zauberer, die Kinder und das Einhorn folgten.

Der Flug

Am Ufer des Meeres versickerte das Wasser in kleinen Wellen im Sand.

»Seid ihr alle bereit?«, fragte der Zauberer die Prinzessin. »Ihr müsst auf eure Größe verzichten. Ihr müsst euch anpassen wollen. Andernfalls kann die Verwandlung nicht gelingen.«

Die Prinzessin und der Müllerjunge nickten, das Einhorn tippte mit der Spitze seines Horns auf den feuchten Sand.

Der Zauberer räusperte sich: »Erschreckt nun nicht! Es wird ungewohnt für euch sein!« Dann schloss er die Augen und drehte sich auf dem Absatz. Seine fuchsroten Haare flogen.

Da schrumpften die Prinzessin, der Müllerjunge und das Einhorn zusammen. Sie wurden spielzeugklein, der Zauberer ebenso. Man kann es auch anders sehen: Alle Schwäne wurden zu gigantischen Monstern, wie Tiere aus der Urzeit der Erde, neben denen sie fast verschwanden.

»Na, so was«, rief der Müllerjunge, aber es klang wie ein Zirpen.

Der Zauberer schien über die Wirkung selbst erschrocken zu sein. Er krümmte sich und flüsterte: »Zauberstab und Märchenstaub! Hoffentlich kann ich das wieder rückgängig machen. Ach, verflixtes Zaubern, verflixtes Bauchweh!«

Vier der riesengroßen Schwäne beugten ihre Hälse tief herab und legten ihre Schnäbel auf den Boden. Sie waren wie Trittstufen. Der Zauberer und seine Begleiter stiegen darauf, jeder der vier auf einen anderen, dann wurden sie vorsichtig auf die Rücken der Vögel gehoben, zwischen Hals und Flügel. Als sie dort saßen, rief ihnen der Zauberer mit leise gewordener Stimme zu: »Festhalten!«

Die Reitvögel setzten sich schaukelnd in Bewegung, einige andere folgten zum Geleit. Ihre Schwimmfüsse patschten ins Wasser, ihr Watscheln ging in ein Gleiten über, auch andere Schwäne folgten ins Meer. Die vier Flugvögel breiteten ihre Flügel aus, streckten die Hälse, schlugen das Wasser, schlugen die Luft, wurden schneller und schneller, erhoben sich, patschten wie rennend über die See, stiegen ... flogen ... sackten wieder ab ... stiegen – und aus ihren Schnäbeln tönten heisere Schreie. In diesem wellenden Wechsel von Sinken und Steigen gewannen sie an Höhe.

Alles blieb unter ihnen zurück und wurde rasch kleiner. Die Schwäne am Strand waren bald nur noch weiße Punkte.

Dünne Wolkenschichten trieben an ihnen vorüber. Der Wind trug sie. Sie glitten an weißen Wolkentürmen dahin. Dunst sauste vorbei. Die Sonne verblasste zur blendenden Scheibe. Die Flügel rauschten. Sie waren umgeben von Bläue und Licht. Unter ihnen dehnte sich das Meer, weit, weit.

So flogen sie lange.

Doch endlich sanken die Schwäne tiefer. Eine Insel wurde am Horizont sichtbar. Auf diese steuerten sie zu. Es schien, als ob sich ihnen die Wasserfläche entgegenhöbe ... Bald war sie nah ... Ganz nah ... Die Schwäne stemmten ihre Schwimmfüße vor, es gab klatschende, gleitende Geräusche, es sprühte und spritzte, dann tauchten die gefiederten Tiere ins Wasser.

Es wurde still. Die Schwäne schwammen lautlos voran. Ein Ufer stieg vor ihnen auf, eine Bucht, ein Hügel mit einem Palmenhain.

Die Schwäne watschelten ans Ufer. Wasser

perlte aus ihren Federn. Sie ließen sich auf dem schmalen Streifen Sand nieder.

»Absteigen!«, piepste der Zauberer. Jeder Schwan half seinem Fluggast mit seinem Schnabel hinab. Als alle vier auf dem Boden standen, murmelte der Zauberer seinen Spruch, drehte sich dreimal linksherum, seine fuchsroten Haare flogen im Kreis – die Schwäne schrumpften zusammen.

»Wunderbar!« Der Zauberer freute sich. »Das lohnt sogar das Bauchweh.«

Die vier Gefährten bedankten sich bei ihren Flugtieren und streichelten ihre Hälse. Die Schwäne patschten zurück ins Meer, nahmen Fahrt auf, schlugen mit den Flügeln, stiegen ... flogen ... und entschwanden.

»Da wärt ihr also«, sagte der Zauberer. »Das ist die Insel der Fee. Mehr als herbringen konnte ich euch nicht. Ich verlasse euch jetzt. Aber ich schlage noch einen unsichtbaren Zauberkreis um euch. Darin seid ihr sicher. Um der Fee zu begegnen, müsst ihr ihn freilich verlassen. Dann seid ihr schutzlos.« Während er das sagte, funkelten seine Augen vor Vergnügen, und seine Stimme schwang wie von unterdrücktem Lachen. Mit der ausgestreckten Hand schlug er einen magischen

Kreis, der die Prinzessin, den Müllerjungen und das silberne Einhorn umgab. Dabei wuchs eine unsichtbare Wand, eine Mauer wie aus Glas um sie herum, durchsichtig, und nur von ihnen zu durchschreiten, nicht aber von bösen Geistern.

Als das geschehen war, rief er: »Nun wünsche ich euch Glück! Ihr könnt es brauchen.«

Die Prinzessin fragte: »Rate uns, was wir tun sollen. Was kann ich der Fee sagen?«

»Hör auf dein Herz«, erwiderte der Zauberer. »Mehr kann dir keiner raten. Nur noch eins: Es ist Abend. In diesen südlichen Breiten bricht die Nacht schnell herein. Sie wird dunkel wie schwarzer Samt. Legt euch nieder und schlaft. Morgen verlasst den Zauberkreis. Aber tretet nicht beide zugleich, sondern einzeln vor die Fee.«

»Warum?«, fragte der Müllerjunge.

»Weil ihr dann nicht zusammen in ihre Gewalt geraten könnt. Denn wenn sie euch beide verzaubert, kann euch keiner mehr helfen. Helfen kann nur, wer nicht in ihren Bann geraten ist. Andernfalls steht ihr als Bäume da oder müsst als Schlangen herumkriechen.«

»Das Einhorn auch?«

»Nein. Das Einhorn ist ein Fabeltier. Fabeltiere kann niemand verzaubern. Sie sind selbst ein Zauber. Merkt euch diese Reihenfolge: Als Erster geht der Müllerjunge. Nach ihm die Prinzessin. Sollte keiner von beiden an den Strand zurückkehren können, folgt das Einhorn. Es ist euer größter, aber auch euer letzter Trumpf. Es kann euch vielleicht wieder befreien.«

»Ach!« Die Prinzessin seufzte. »Wir sind so schwach, und sie ist so mächtig. Sie kann zaubern und bannen. Was können denn wir?«

»Das darf ich nicht sagen. Aber ihr seid nicht hilflos. Dass sie so mächtig ist, wusstest du, bevor du diese Reise angetreten hast. Nun bring dein Vorhaben zu Ende und erlöse deinen Vater von der großen Traurigkeit, und mit ihm sein Reich. Ihr seid nicht nur schwach. Menschenworte und Menschengedanken haben ihre eigene Kraft, im Grunde sind sie mächtiger als alle Zaubersprüche, denn Zauberer verwandeln nur Äußerlichkeiten, sie verwandeln Dinge. Menschenworte aber verwandeln Herzen und Seelen. Das ist viel mehr – auch wenn es mehr Zeit braucht. Euch Menschen wurden die zwei größten Kräfte des Wirkens geschenkt. Ihre Namen sind: Erkenntnis und Überzeugung.«

»Das verstehe ich nicht«, sagte die Prinzessin.

»Das macht nichts«, antwortete der Zauberer. »Das kommt noch. Verlasst euch nur auf euer Gefühl und auf die Wahrheit eurer Worte. Gelingt es euch, euren Feind zu überzeugen, wird er ein anderer, vielleicht euer Freund. Und nun lebt wohl!«

»Geh zu meinem Vater«, bat die Prinzessin. »Ich glaube, du würdest ihm guttun.«

»Ich will es mir überlegen.« Der Zauberer streichelte der Prinzessin über die Haare, er knuffte den Müllerjungen freundlich und legte seine Hand auf den Kopf des Einhorns. »Schade, dass du nicht bei mir bleiben willst, du lebendes Wunder«, brummte er.

»Es ist, wie es ist«, antwortete das silberne Einhorn glöckchenhell.

Dann ging der Zauberer. Er lief einfach ins Meer. »Jetzt erfülle ich mir einen uralten Wunsch«, rief er zurück. »Ich schwimme als Fisch!«

Er fuhr sich mit den Fingern durch die roten Wirrhaare, murmelte seinen Spruch und schon tummelte sich dort, wo er eben gestanden hatte, ein Delfin im Wasser. Der tauchte unter, tauchte auf, sprang übermütig – und entschwand.

Nun waren sie allein, allein auf der Insel der

Fee. Würden sie jemals wieder in ihre Heimat zurückkehren? Oder blieben sie für immer hier gebannt? Noch waren sie beschützt durch den Zauberkreis. Was aber war später?

»Meinst du, dass der Zauberer uns wirklich helfen wollte?«, fragte der Müllerjunge. »Vielleicht wollte er uns nur rasch und sicher hierherbringen?«

»Du meinst, der Fee zum Gefallen?«

Der Müllerjunge nickte. »Es wäre doch möglich«, sagte er.

Es wurde rasch dunkel, bald überzog sich der nachtblaue Himmel mit funkelnden Sternen. Die beiden Kinder und das Einhorn fühlten sich verlassen. Sie rückten zusammen. Es wurde kühl und es war, als ob überall Geister wisperten, Nachteulen und Kobolde, Gnome und Irrwische, zu bösen Streichen bereit. Dieses Gewimmel fuhr an der Zauberwand des magischen Kreises entlang, drückte sich die Nasen und Saugfinger platt.

Der Müllerjunge schlief trotzdem bald ein. Er fühlte sich sicher.

Das Einhorn rollte sich im Sand zusammen. So dunkel die Nacht war, von dem schönen Tier ging doch ein Leuchten aus. In seinen Hufen spiegelte sich der Abendstern. Seine Mähne schimmerte sanft. Aus seinem glitzernden Fell stieg ein aromatischer Duft. Sein Horn leuchtete silberhell unter dem Mond.

Die Prinzessin legte ihren Kopf an seinen Hals.

»Einhorn«, flüsterte sie.

»Was willst du, kleine Prinzessin«, fragte das Einhorn. »Weinst du etwa?«

»Ich bin traurig. Vielleicht ist nun bald alles vorbei, und ich kehre nie wieder heim. Und mein Vater wird noch viel trauriger. Vielleicht sehe ich auch dich nie wieder.«

»Deine Tränen sind kostbarer als Perlen«, wisperte das Einhorn. »Ich werde sie in meinen Träumen bewahren. Sei getrost und schlaf, kleine Prinzessin. Jeder Tag hat seinen neuen Zauber. Wenn wir an das Gute glauben, strecken wir ihm die Hand entgegen.«

»Einhorn«, flüsterte die Prinzessin noch einmal. »Der Zauberer meint es doch gut mit uns, oder nicht?«

»Das wissen wir erst morgen – oder noch später«, erwiderte das Einhorn.

»Ich wüsste es gern jetzt schon«, antwortete die Prinzessin.

»Alles hat seine Zeit«, sagte das Einhorn.

Auf der Feeninsel

Die Sonne stieg früh aus dem Meer. Es war ein prachtvolles Orgelkonzert des Lichts. Tautropfen perlten an den Pflanzen. In der Bucht wuchsen tropische Bäume, Baumriesen mit fächernden Ästen und Luftwurzeln. Es war ein Wall, der ihnen den Blick auf das Land versperrte.

»Das alles war gestern noch nicht hier«, seufzte der Müllerjunge. Er fühlte eine Beklemmung.

»Wir sind zwar geschützt in dem Zauberkreis, aber wir sind auch gefangen. Vielleicht werden wir für immer hierbleiben müssen. Ach, mein armer Vater!«, klagte die Prinzessin.

»Denkt nicht zurück, denn das nimmt euch die Kraft«, riet das Einhorn. Es stand mit den Vorderläufen im Wasser und betrachtete sein silbernes Spiegelbild. Die See war ruhig und klar. »Ja, ich bin schön«, wieherte es leise. »Ich kann alle verstehen, die sich wünschen, dass ich bei ihnen bleibe. Aber wer allen gehört, gehört keinem. Ich kann nicht immer auf dieser Insel sein. Es wäre mein Tod! – Geh jetzt, Müllerjunge, erkläre es der Fee, bringe sie dazu, auf die Erfüllung ihres Wunsches zu verzichten.«

»Wie kann ich eine so mächtige Frau überreden?«

»Frage nicht, handle!«, sagte das Einhorn. Es stampfte leicht, aber gebieterisch mit einem Huf auf. Das Wasser spritzte.

Da ging der Müllerjunge.

Der Müllerjunge bei der Fee

Unmerklich öffnete sich der Zauberkreis. Der Müllerjunge durchschritt ihn mühelos. Nach wenigen Schritten kam er in einen dichten Tropenwald. Wie sollte er sich hier zurechtfinden, zwischen all den übermächtigen Pflanzen? Der Mut wollte ihn fast verlassen. Nirgends war ein Weg. Waren diese Baumriesen vielleicht verzauberte Wesen, Könige, Ritter und Wanderburschen? Vielleicht verwandelt mich die Fee ebenfalls, dachte er. Dann stehe ich immer hier an der gleichen Stelle.

Es war sehr still. Diese Ruhe war ihm unheimlich. Es knackte, wenn er auf einen Ast trat. Aber nach und nach fasste er sich ein Herz. Er dachte an die Prinzessin und an das silberne Einhorn. Er redete sich selbst gut zu: »Müllerjunge, du hast dir immer ein Abenteuer gewünscht. Dies ist eines! Also sei tapfer!«

Es nützte. Die Äste schienen nach ihm greifen

zu wollen, aber er schob sie zur Seite. Da stand er plötzlich wieder im Freien. Es war sehr heiß. Die Insel war an dieser Stelle schmal, der Müllerjunge kam bald an den gegenüberliegenden Strand. Der Sand leuchtete gelb. Palmen und Bambus säumten das Ufer. Seine Furcht verflog. Er sah eine Hütte und lief darauf zu. Eine Frau trat aus der Tür. Sie trug ein Gewand aus farbigen Tüchern. Ihre Haut war dunkel, ihre Haare fuchsrot. Ihre Augen funkelten wie Kristalle. Um ihren Hals hingen Ketten aus bunten Steinen und Muscheln.

Dem Müllerjungen kam alles bekannt vor. Richtig, das hatte er alles schon einmal gesehen, daheim, in einem Buch. Das machte ihn mutig. »Hier bin ich also«, rief er. »Das ist die Insel der schönen Geschichten.« Er sah Vögel in den Bäumen, Affen und Faultiere.

Die Frau redete ihn freundlich an: »Gut, dass du endlich kommst. Sieh die Affen in den Bäumen. Wie sie von Ast zu Ast springen! Sieh die bunten Vögel. Es sind Papageien. Wenn du willst, kannst du immer unter ihnen leben, hier wird keine Arbeit von dir verlangt.«

Das klang nicht schlecht. Der Müllerjunge sagte nichts. Er schaute und staunte.

Die Frau zeigte auf eine Bank bei der Tür: »Setz dich neben mich. Hier ist das wahre Schlaraffenland. Hier wachsen dir die süßesten Früchte in den Mund, du brauchst sie nicht einmal zu pflücken. Du brauchst nie zu arbeiten, du brauchst nie mehr einen Sack zu schleppen, du brauchst nie mehr den Staub aus der Kammer zu fegen. Du wirst nie Sorgen leiden, nie Not empfinden, du wirst nie Mangel an Geld haben, denn du brauchst keines.«

War das nicht alles wie ein Märchen? War es nicht wunderbar? Der Müllerjunge setzte sich neben die Frau und begann zu vergessen, weshalb er hergekommen war.

»Willst du das?«, fragte sie drängender.

Der Müllerjunge nickte.

»Das dachte ich mir. Es ist ganz leicht. Du musst nur eine Kleinigkeit dafür tun. Kehre zur Prinzessin zurück, gib ihr deinen glitzernden Stein und erinnere sie an ihr Versprechen: ›Prinzessin, es ist so weit! Löse dein Wort ein! Geh mit dem Einhorn zur Fee und sag ihr: Hier ist das Einhorn, es ist dein Eigen.‹«

Nun erschrak der Müllerjunge doch. War es das, weswegen er hergekommen war? Hatte er deshalb die lange Wanderung gemacht? Und nicht nur er! Auch die Prinzessin und das Einhorn! »Nein«, sagte er, »für mich kann ich entscheiden, aber nicht für andere.«

»Nein?«

»Nein!« Jetzt fiel ihm alles wieder ein. »Im Gegenteil. Verzichte auf das Einhorn und nimm die Traurigkeit vom König! Bitte!«

»Nun«, sagte die Fee. Es war, als ob sie ihn nicht verstanden hätte oder verstehen wollte. »Es lockt dich vielleicht nicht, hier zu leben. Du willst lieber deiner Mutter helfen. Kehre also zu ihr zurück. Ihr sollt keine Not mehr leiden. Du findest daheim einen Schrank, in dem die köstlichsten Speisen und Getränke stehen. Er wird nie leer werden. Kehre nur zur Prinzessin zurück, gib ihr deinen glitzernden Stein und erinnere sie an ihr Versprechen: ›Prinzessin, es ist so weit! Löse dein Wort ein! Geh mit dem Einhorn zur Fee und sag ihr: Hier ist das Einhorn, es ist dein Eigen.‹«

Der Müllerjunge hielt den glitzernden Stein der Prinzessin ganz fest. »Nein«, sagte er. »Noch einmal: Bitte!«

»Nein? Das ist schon dein zweites Bitte. Nun, dann will ich dir noch etwas schenken. Zu dem Schrank, der immer voll ist, gebe ich dir noch ein

Kästchen mit Golddukaten, das niemals leer werden kann.«

»O je …« Der Müllerjunge seufzte.

»Du brauchst nichts anderes zu tun, als die Prinzessin an ihr Versprechen zu erinnern, wie ich es dir gesagt habe. Und alles gehört dir!«

Der Müllerjunge spürte den Stein in seiner Hand. »Nein«, sagte er. »Verzichte auf das Einhorn, schenke dem König und seinem Reich die Fröhlichkeit zurück. Ich kann deine Gaben nicht annehmen, denn ich würde anderen schaden. Erfülle meinen Wunsch – bitte!«

Die Fee sah ihn zornig an. »Das war nun dein drittes ›bitte‹«, rief sie. Ihre Augen funkelten. »Ein viertes wird es nicht geben, es sei denn, du willst in einen der Bäume des Waldes verwandelt werden. Ich setze noch eines drauf: Zu dem Schrank und der Truhe schenke ich dir auch noch ein wenig Zauberkraft.«

»Wirklich? Könnte ich dann aus einem Ritter eine Heuschrecke machen und aus einem Wanderer eine Eule? Und könnte ich unsere alte Mühle in ein Schloss verwandeln?«

»Nun …«, sagte die Fee. Es klang etwas weniger kräftig. »Vielleicht nicht gleich so große Künste, aber Gewinne beim Kartenspiel. Und wer weiß, was noch daraus wird.«

»Könnte ich mich in einen Raubvogel verwandeln und nachts durch die Wälder fliegen?«

Die Fee sagte nicht nein und nicht ja. Sie sagte: »Du brauchst nichts anderes zu tun. Kehre zur Prinzessin zurück und erinnere sie an ihr Versprechen: ›Prinzessin, es ist so weit! Löse dein Wort ein! Geh mit dem Einhorn zur Fee und sag ihr: Hier ist das Einhorn, es ist dein Eigen.‹ Gib ihr deinen wertlosen Stein.«

»Er ist nicht wertlos«, rief der Müllerjunge trotzig. »Das Versprechen, das mir die Prinzessin gegeben hat, ist mir mehr wert als alles Gold der Welt und nicht mit Tischen voll kostbarer Speisen aufzuwiegen. Ich sage noch einmal ...«, begann er. Doch er konnte das kleine Wort nicht aussprechen.

»Nun hast du verspielt«, rief die Fee. Sie hob die Hand und es gab einen Donnerschlag. Dort, wo der Müllerjunge gewesen war, stand ein roter Papagei.

»Nein!«, krächzte er.

Die Fee lachte.

Die Prinzessin bei der Fee

Das silberne Einhorn lag vor der Prinzessin im Sand. Sie saß auf einem kleinen Felsen in der Bucht. »Ich mache mir Sorgen um den Müllerjungen«, murmelte sie. »Er bleibt so lange.« Da hörte sie den Donnerschlag. Das Einhorn sprang erschrocken auf. Seine Flanken zitterten.

»Das ist ein Zeichen!«, rief die Prinzessin. »Er kommt nicht wieder. Jetzt muss ich gehen.«

Das Einhorn stand still, mit gesenktem Kopf, die Spitze seines gedrehten Hornes berührte den Boden.

Die Prinzessin durchschritt den Zauberkreis. Sie tauchte ein in das Dickicht des Tropenwaldes. Waren die Bäume alle verzauberte Wesen? War der Müllerjunge einer von ihnen? Es war so still. Sie hörte nur die Äste unter ihren Füßen knacken. Paradiesvögel flogen von Zweig zu Zweig, von denen Schlangen wie Lianen herabhingen. Die Prinzessin fürchtete, sich zu verirren.

Doch sie ging mutig weiter. Und plötzlich endete die Wildnis, sie stand wieder im Freien.

Es war sehr warm, eine brütende Hitze.

Vor der Prinzessin erhob sich ein Hügel, auf dem gelber Ginster wuchs. Er leuchtete wie Gold. Ganz oben stand ein weißes Haus mit schlanken Türmen, auf denen bunte Fahnen wehten – ein kleiner Palast, umgeben von einer Mauer.

»Dorthin muss ich also«, murmelte die Prinzessin. Sie kletterte den Abhang hinauf. Es ging mühelos. Und das Tor in der Mauer stand offen. Der Hof war ein grüner Garten, auf dem Rasen schlugen Pfauen ihr prächtiges Rad, bunte Vögel, Fasane und Auerhähne stolzierten umher. Von den Stufen des Hauses trat eine schöne Frau, die Fee. Jede schöne Frau ist ja manchmal auch eine Fee. Sie streckte der Prinzessin beide Hände entgegen. »Da bist du endlich!«, rief sie. »Wie sehr habe ich dich erwartet. Komm herein, drinnen ist es kühler.« Sie legte der Prinzessin einen Arm um die Schulter. »Wie weich du bist«, sagte sie. »Ein Mensch aus Fleisch und Blut.«

Die Prinzessin hörte ihr eigenes Herz klopfen. Sei auf der Hut, dachte sie. Mit dieser Freundlichkeit will sie dich für sich gewinnen.

Die Frau spürte die Vorsicht. »Ihr Menschenkinder seid sehr verletzlich«, sagte sie. »Aber deshalb seid ihr auch so wertvoll. Dass ihr sterblich seid, macht euch kostbar.«

Sie schritten eine breite Treppe empor. Sie traten in einen Raum mit edlen Möbeln. Auf einem Wandteppich war ein eingewebtes Einhorn zu sehen. Es trabte dort durch einen üppigen Wald. Vor dem Zimmer lag ein Balkon, die Tür stand weit offen. Unten sah man das Meer. Alles war von Sonne überflutet. In einem Metallreifen auf einer Stange schaukelte ein Papagei. Der Vogel plärrte: »Nein ... Nein ... Nein ... Nein ...«

»Hör nicht auf ihn«, sagte die Frau, oder die Fee, was ja oft fast dasselbe ist. Sie ließ sich auf einer Bank aus Marmor nieder. Die Prinzessin folgte ihr wie im Traum. Sie nahm neben ihr Platz.

»Nun bringst du mir also das Einhorn«, sagte die Frauenfee. »Sprich nun nur noch die Worte, die du sagen musst.«

»Nein«, krähte der Papagei.

»Nein«, sagte die Prinzessin. »Bitte verstehe, dass ich sie nicht sagen kann.«

»Schau«, sagte die Fee. »So schön wie dieses Haus könnte auch die Burg deines Vaters wieder werden. Erfüllt mit fröhlichem Leben. Feste, Musikanten und Tänzer, lachende Pagen mit köstlichen Speisen, Knappen, die euch auf Ritten durch Wald und Flur begleiten. Und für dich …«

»Sprich nicht weiter«, rief die Prinzessin. Sie hielt sich die Ohren zu.

»Du weißt, was ich meine?«

»Du meinst eine Mutter, du versprichst mir einen Bruder. Aber ich will nichts mehr hören. Denn du bist es ja gewesen, die uns alles genommen hat.«

»Deine Mutter nahm ich dir nicht«, erwiderte die Fee. »Da bist du ungerecht. Über Tod und Leben habe ich keine Gewalt.«

»Und das ist gut so! Aber weil du den Bann über uns gelegt hast, konnte ich keine neue Mutter bekommen, und ohne Mutter keinen Bruder.«

»Aber das silberne Einhorn ist zu dir gekommen. Und du kannst es mir nun zu Eigen geben«, sagte die Fee. »Wenn du es tust und die richtigen Worte sprichst, wird alles gut.«

Ein milder Wind wehte durch die offenen Türen und Fenster.

Die Prinzessin schwieg. Und die Fee schwieg.

Endlich sagte die Prinzessin: »Nun verrate ich

dir ein Geheimnis. Als ich von daheim fortging, wollte ich dir das silberne Einhorn nicht geben, weil ich zornig auf dich war. So ein schönes Tier soll sie nicht haben, nie und nimmer!, dachte ich. Aber jetzt weiß ich, das wäre kein Grund gewesen. Es gibt einen anderen, wichtigeren: Ich kann dir das Einhorn nicht zu eigen geben, selbst wenn ich es wollte, weil kein Mensch über ein anderes Wesen verfügen darf. Jedes Geschöpf hat ein Recht auf seine Freiheit.«

»Nun«, sagte die Fee. »Darauf gäbe es eine Menge zu erwidern. Denn jeder Mensch ist immer frei und unfrei zugleich. So lebst du doch auch bei deinem Vater. Frei und zugleich abhängig.«

»Ich werde zur Freiheit erzogen. Und das silberne Einhorn ist frei. Es ist mir freiwillig gefolgt. Es kann von mir gehen – und zurückkehren, wie es will. Dir aber kann ich nur sagen: Bitte löse den Bann von meinem Vater. Damit gewinnst auch du etwas, nämlich unsere Dankbarkeit und unsere Freundschaft.«

Der Papagei schaukelte in seinem Ring hin und her.

»Bitte mich nicht«, murmelte die Fee. »Ich will das silberne Einhorn haben!«

»Aber warum?«

»Höre! Alles rings um mich herum ist schön. Aber es fehlt etwas. Die Schönheit hier ist noch nicht vollkommen. Das Einhorn ist mehr als alles andere, es ist ein Wunder, das vollkommene Wunder. Nur das silberne Einhorn hat die Gabe, glücklich zu machen. Wie bezaubernd sind seine klingenden Schritte, sein samtenes Schnauben, das sirrende Wehen seiner Mähne. Wie reizend ist das Spiel seiner Ohren und wie geheimnisvoll ist der Blick in das Dunkel seiner Augen. Die Berührung seines Hornes stillt allen Kummer, sein Blick verwandelt Sehnsucht in Glück. Es ist ein Fabelwesen mit einem Herzen.«

»Wie du das sagst, ist es viel«, antwortete die Prinzessin. »Und es ist wahr. Es ist mehr, als ich dachte. Aber ich gebe dir das Einhorn nicht. Es muss selbst entscheiden. Noch einmal: Bitte gib meinem Vater sein fröhliches Herz zurück.«

»Du sollst mich nicht bitten, denn ich will es nicht! Ich werde es sogar für alle Zeiten verhindern, ich warne dich!«

»Das wäre schlimm«, sagte die Prinzessin. Ihre Augen wanderten unruhig im Zimmer herum. Da fiel ihr Blick auf den Papagei. Sie hatte ihn bisher nicht genauer betrachtet. Jetzt sah sie den glitzernden Stein in seiner Kralle und erschrak: »Wo ist der Müllerjunge?«, fragte sie.

»Dir wird es ähnlich ergehen«, sagte die Fee.

»Bitte – gib ihn frei«, rief die Prinzessin. Sie sprang auf.

Das Gesicht der Fee wurde bleich. Zornig rief sie: »Nun hast du zum vierten Mal ›bitte‹ gesagt. Ein fünftes ›bitte‹ wird es nicht geben!«

»Wird es doch«, trumpfte die Prinzessin auf. Sie öffnete die Lippen.

Da hob die Fee ihre Hand. Es donnerte. Die Prinzessin verschwand. Auf dem Boden machte eine goldgelbe Katze einen Buckel.

Der Papagei flatterte wild mit den Flügeln. »Nein, nein, nein«, kreischte er.

Das Einhorn bei der Fee

Das silberne Einhorn stand allein in der Bucht. Es lauschte. Es nahm Witterung auf. Da ertönte der Donnerschlag. Es schreckte zusammen. »Die Prinzessin«, flüsterte es. Sein weiches Maul zitterte. »Jetzt muss ich gehen!«

Und es ging. Mühelos durchschritt es den Zauberkreis. Grünes Dämmerlicht umgab es. Geräuschlos trabte es unter den Baumriesen dahin. Ringsherum war völlige Stille. Es hörte nur das leise Knacken der Äste.

Und dann stand es wieder im Freien – unter Blumen vor einer Anhöhe. Ein Kiesweg führte hinauf. Auf beiden Seiten wuchsen Zypressen. Weiter oben war eine Marmorterrasse mit weißen Säulen. Der Ausblick auf die Insel war wunderbar. Doch etwas fehlte. Es war alles wie leblos. Als nun das Einhorn im Klingklang seiner silbernen Hufe erschien, ging ein Aufatmen über alles. Die Blumen leuchteten anders, tiefer. Die Bäume bewegten sich. Die Vögel sangen. Es war sogar, als ob Blut durch den Marmor flösse.

Langsam schritt das Einhorn über den Weg. Es trug seinen Kopf hoch. Seine Hufe glänzten wie immer, doch heute strahlte ihr Silber noch heller. Im Perlmutt seines Hornes schimmerten die Farben des Regenbogens, aber heute blitzten sie geradezu. Sein Fell war silberweiß, aber über seiner Mähne schien Gold zu schweben. Und seine Augen leuchteten geheimnisvoll.

So stieg es die Treppe empor und kam auf die Terrasse. Dort erwartete es die Fee. Sie trug ein weißes Gewand, ihre Haare flammten feuerrot. Ihre Augen funkelten wie Kristalle. Eine kleine, goldgelbe Katze schlüpfte unter dem Einhorn hindurch und schmiegte sich an seine Läufe. Ein roter Papagei schaukelte im Metallring und schlug mit den Flügeln.

»Da bin ich«, sagte das Einhorn. »Ich komme, damit du den König und sein Land von deinem Bann erlöst. Danach werde ich wieder gehen.«

»Bleib«, sagte die Fee. »Wenn du fortgehst, ist die Bedingung nicht erfüllt. Bedenke, hier bist du geschützt. Wir Feen, Elfen, Wassermänner,

Zaubergeister und Kobolde leben und weben getrennt von der Welt der Menschen. Kein Jäger wird dir nachstellen, kein Ritter wird dich verfolgen, keine Schaustellerin wird dich einsperren. Hier lebst du ohne Gefahr.«

»Das eben wäre die Gefahr«, sagte das Einhorn. »Du wärest alles zusammen: Jäger, Ritter und Tierhalterin. Jeder, der ein freies Wesen an sich bindet, ist beides: Beschützer und Kerkermeister.«

»Ohne dich ist mein Leben arm! Du gibst ihm etwas, was ich bisher nicht kannte.«

»Wenn ich in einer Mondnacht über eine Lichtung gehe, sieht mich der Jäger und lässt den Bogen sinken. Wenn ich zu den Rehen gehe, schließen sie um mich einen Kreis und atmen ohne Ängstlichkeit. Wenn ich eine kranke Frau in der Hütte mit meinem Horn berühre, lächelt sie. Die fahrenden Sänger tragen mich auf ihren Lippen und wünschen sich, mir zu begegnen. Keiner fürchtet mich. Jeder träumt von mir. Schau ...«

Das Einhorn tupfte mit der Spitze seines silbernen Horns an den Marmor. Dort erblühte eine Rose.

»Ich weiß«, sagte die Fee. »So ergeht es allem,

was du berührst. Deswegen brauche ich dich. Ich kann zwar zaubern, aber meinem Zauber fehlt das Wichtigste, die Seele!«

»Die Menschen«, sagte das Einhorn leise, »die Menschen sind sehr vergesslich.«

»Ich verstehe nicht, was du meinst.«

»Es sind die Menschen, die Sterblichen, denen ich mein Dasein verdanke«, erklärte das Einhorn. »Indem sie Märchen erzählen, erschaffen sie mich. Es ist alles ein Spiel und ich bin ihr Spiel. Sie erhalten mich in ihren Reimen am Leben. Ich bin ihr Geschöpf. Doch ich werde sterben, wenn es keine Menschen mehr gibt, die von mir singen und erzählen. Wenn ich bei dir bliebe, würden die Menschen mich vergessen. Und wer vergessen wird, ist tot. Du siehst, dass ich nicht bleiben kann. Ich ginge dann ja auch dir verloren.«

»Wenn es so wäre, bliebe mir keine Hoffnung!«

»Auch für Zauberwesen gibt es Grenzen. Du wirst dich trösten.«

»Woher willst du das wissen?«

»Ich kenne dein Geheimnis. Du hast dich schon getröstet. Du gehst einen neuen Weg.«

»Du kennst mein Geheimnis? Sag es mir!«

»Erlöse du den König von der Traurigkeit!«

»Nein!«

»Gib dem verzauberten Müllerjungen seine wahre Gestalt zurück!«

»Nein!«

»Lass die verzauberte Prinzessin wieder ein lebendiges Mädchen sein!«

»Nein! – Warum verlangst du das alles von mir, wenn du mein Geheimnis kennst?«

»Du hast recht«, sagte das Einhorn. »Es ist gar nicht nötig. Ich weiß, was fehlt. Dreimal hat der Müllerjunge schon ›bitte‹ gesagt. Das vierte ›bitte‹ hast du ihm abgeschnitten. Viermal hat die Prinzessin ›bitte‹ gesagt. Das fünfte ›bitte‹ hast du ihr abgeschnitten. Aber mir kannst du es nicht abschneiden. So weit reicht deine Macht nicht. Ich kann es an ihrer Stelle aussprechen.«

»Ach«, rief die Fee und es war ein tiefes Seufzen.

Das Einhorn tupfte den Papagei mit seinem Horn an das rote Gefieder. Es berührte die Katze am goldgelben Fell. Es neigte sein Horn vor der Fee. Dann ließ es sich auf seine Knie nieder, es verharrte vor ihr wie in einer Verbeugung.

»Du lachst ja«, sagte die Fee.

Das Einhorn zog wirklich die Lippen ein wenig hoch. »Aber gewiss«, sagte es. »Denn nun ist dieses Spiel zu Ende – und ein neues beginnt. So ist es wohl immer. Jetzt sage ich es zum fünften Male …«

Die Fee hielt den Atem an.

Das schöne Tier berührte die Fee mit der Spitze seines Hornes.

»Bitte!«, sagte das Einhorn.

»Verloren …«, murmelte die Fee. Aber sie lachte nun auch.

Gleichzeitig erklang ein Donnerschlag. Und die Insel war nicht mehr, und die Fee war nicht mehr, und das Einhorn war nicht mehr, und die Katze war nicht mehr, und der Papagei war nicht mehr.

Zum guten Schluss

Die Windmühlenflügel drehten sich. Über der Burg zogen weiße Wolken dahin. Das Einhorn, die Prinzessin und der Müllerjunge kamen über die Wiese. Sie waren auf dem Heimweg und wollten in die Mühle.

Aus der Mühle ertönte Gesang. Ein schwarzer Rabe schlug über dem Dach seine Purzelbäume.

Zur Mühlentür führte eine schmale Holztreppe empor. Gerade setzte der Müllerjunge seinen Fuß auf die unterste Stufe, da trat oben ein kräftiger Mann auf die Schwelle. Er hatte blonde Haare, lachte über das ganze Gesicht und trug einen Mehlsack so leicht, als ob er mit Gänsedaunen gefüllt wäre. »Guten Tag, ich bin jetzt der Müller«, sagte er.

»Das ist mal eine Überraschung«, rief der Müllerjunge. »Der Riese! Na, so was. Aber wo ist meine Mutter?«

»Geht nur in die Burg, da findet ihr alle. Ich komme auch bald und bringe das Mehl für die Torten und Pasteten. Es wird ein Fest gefeiert!«

Der Müllerjunge, die Prinzessin und das Einhorn machten kehrt. Sie rannten über die Wiese. Schon von weitem klangen ihnen von der Burg her Geräusche entgegen. Dort wurde gesägt, gehämmert und gehobelt. Es wurde aber auch musiziert und gesungen.

Die Burg war nicht wiederzuerkennen. Handwerker waren bei der Arbeit. Die Fenster spiegelten sich in der Sonne. Das Dach strahlte rot, und die Mauern waren frisch verputzt. Die drei gingen auf sauber angelegten Wegen durch den Park. Auf den Beeten blühten Blumen. Auf den Teichen zogen Schwäne ihre Kreise.

Sie schritten über eine neue Holzbrücke. Darunter war ein breiter Graben mit vielen Gehegen. Da tummelten sich Wölfe, da trotteten Bären, da lag eine Riesenschlange zusammengerollt. Sie schlief in der Sonne. Ein Adler hockte auf einem Wurzelstock. Eine kräftige Frau lehnte am Brückengeländer und schaute zu den Tieren hinab. Knechte schütteten frisches Heu auf.

Doch die drei blieben nicht stehen. Sie liefen

durch das neue, breite Tor ... durch den Gang ... die Treppe hinauf und kamen in den Saal.

»Morgen ist Hochzeit!«, rief ihnen der König schon von weitem entgegen. Er lachte.

Die Prinzessin warf sich ihm an die Brust: »Vater, wen heiratest du?«

»Kennst du sie nicht?«, fragte der König. Er zeigte auf eine schöne Frau. Sie strahlte über das ganze Gesicht – wie er.

»Mutter!« Der Müllerjunge umarmte sie.

»Die Müllerin«, rief die Prinzessin. Sie flog ihr um den Hals.

»Ja«, sagte der König. »Dumm, dass ich nicht schon früher darauf gekommen bin. Es gab ja immer nur Königstöchter, die mich nicht heiraten wollten. Wäre ich nicht so töricht gewesen, hätte ich besser nachgedacht. Aber so ist es nun gut. Wir verstehen uns vortrefflich, und das nicht nur beim Kartenspielen.« Er lachte. »Ach, und noch etwas: Ich setze die Krone ab und lege das Zepter aus der Hand. Regieren können die Räte, die Bürgermeister, ja sogar die Handwerker und Bauern viel besser. Passt auf, das wird man mir nachmachen. Bald folgen andere Könige meinem Beispiel.«

Die Prinzessin jubelte. »Hurra! Dann wird der Müllerjunge mein Bruder!«

Der Müllerjunge betrachtet den glitzernden Stein in seiner Hand nachdenklich. Dann sagte er: »Ich gebe ihn dir zurück. Ich brauche ihn nicht mehr. Ja, wir sind jetzt wie Bruder und Schwester, aber weil wir keine richtigen Geschwister sind, können wir später vielleicht doch ein Ehepaar werden. Dann soll es aber nicht aus Verpflichtung sein, sondern nur aus Liebe.«

Die Prinzessin lachte ihn an. »Anders würde ich es auch nicht tun. Darin bin ich dem Einhorn ähnlich, dass ich nur in Freiheit leben kann.«

Nun rasselte es. Der Ritter trat ein. Auf seinem Schild prangte ein weißes Einhorn.

»Kolossal schöner Tag«, rief er dröhnend. Sein Visier klappte herunter und er schob es hoch. Er schaute zum Sterngucker hinüber, der sich über einen Himmelsglobus beugte und murmelte:

»Wie unvergleichlich ist doch alles. Nicht nur der Himmel, auch die Welt ist so bunt, ein Feuerwerk an Farben, Formen, Eindrücken – kein Leben reicht aus, auch keines Menschen Verstand, um all das aufzunehmen, geschweige denn, es zu verstehen!«

Auf der Schwelle des Saales stand der Zauberer. Seine feuerroten Haare waren verstrubbelt. Seine Augen funkelten wie Kristalle. Er lachte. Auf seinem linken Arm kuschelte sich eine goldgelbe Katze. Er schenkte sie der Prinzessin: »Zur Erinnerung, kleine Dame!«

Dann drehte er sich blitzschnell einmal auf seinem Absatz herum – und nun stand da die Fee. Auf ihrem linken Arm trug sie einen roten Papagei. Sie schenkte ihn dem Müllerjungen. »Zur Erinnerung, kleiner Herr«, sagte sie. »Wundert euch nicht, denn ich bin die Fee und ich bin auch der Zauberer. Ich wechsle meine Gestalt so, wie manche Schauspieler beim Theaterspiel verschiedene Rollen spielen. Aber glaubt nur nicht, ich wäre an allem schuld. Nein! Mein Zauberspruch wäre wirkungslos geblieben. Nur weil die Menschen an meinen Fluch glaubten, hat er gewirkt. Denn der Glaube ist mächtiger als jeder Zauber. In Zukunft will ich als Mensch unter euch leben!« Und nun drehte sich die Fee und war wieder der Zauberer.

»Aber jetzt wird dir das Zaubern doch fehlen«, meinte der Müllerjunge.

»Sicher nicht«, war die Antwort. »Wie sollte

mir auch etwas fehlen? Alles, was lebt, zaubert, denn es lässt etwas entstehen, was vorher nicht da war. Ja, Zauberei gibt Macht, sie verleitet aber auch zu Willkür. Und sie verblüfft ohne bleibenden Wert. Denn nur das Erschaffene dauert. Weisheit ist wichtiger als Zauberei. Das lernt man freilich erst spät.«

»Ist das wirklich alles?«, fragte die Prinzessin.

»O nein, ich vergaß: Es ist wichtig zu lieben. Und das zu vergessen ist unverzeihlich.«

»Ich glaube, das verstehe sogar ich jetzt«, sagte die Prinzessin.

»Na, das freut mich«, sagte der Zauberer und lachte. »Noch einmal, betrachtet alles als Spiel.«

»Meinst du etwa, dass gar nichts wichtig ist?«, fragte der Müllerjunge.

»Nein, doch es kommt nur auf das Spiel an. Man kann es nie oft genug sagen: Spielen sollst du mit Lust und Leidenschaft, aber nimm dich selbst nicht zu ernst. Das meine ich«, antwortete der Zauberer. »Und immer wieder werdet ihr euch fragen: War das wahr? Oder war es nur Gaukelei und Blendwerk. Ja, es war sicher wahr – aber eben so wahr wie ein Spiel.« Jetzt schwieg er, überlegte einen Moment und meinte schließlich: »Vielleicht gibt es unter uns nur eines, das wirklich ist, nämlich das Einhorn.«

»Warum?«, fragte die Prinzessin.

»Weil das Unwirklichste oft zugleich das Wirklichste ist«, war die Antwort.

»Ach«, rief der Müllerjunge. »Ich glaube, es ist wie mit meinem Leben. Es ist doch ein ganz unwahrscheinliches Wunder, dass ich lebe, kaum zu glauben, und doch ist es wirklich.«

»Ja«, sagte der Zauberer. »Und die Welt ist überreich an schönen Dingen. Ihr Inneres zu erkunden und in ihr Wesen einzudringen, ist unserer Aufgabe. Das aber vermag man nicht durch Zaubern, das kann man nur durch Denken! Nichts ist flüchtiger als der Zauber.«

Noch einmal, ein letztes Mal drehte er sich, und dann war er verschwunden. In der königlichen Bibliothek aber saß ein alter Mann am Pult, blies den Staub von den Büchern, öffnete sie und las darin. Seine Haare glänzten feuerrot und seine Augen funkelten wie Kristalle.

Wo aber war das Einhorn? Unbemerkt hatte es sich umgedreht. Unbemerkt hatte es die Burg verlassen. Langsam schritt es durch den Wald. Es hob die Läufe mit den silbernen Hufen. Es setzte sie federnd auf Farne und Äste. Sein Fell war kurz, seidig und schneeweiß. Seine Nüstern waren schwarz wie Ebenholz und schimmerten feucht. Seine Augen waren tiefdunkel und rätselhaft. Aber das Schönste war sein Horn. Es wuchs kunstvoll gedreht aus der Stirn.

Es drehte sich um und schaute zur Burg zurück. Seine hellen Ohren lauschten. Aus dem geöffneten Fenster klang Gesang. Es war der fahrende Sänger. Er sang ein Lied, dessen Melodie und Worte erst in vielen Jahren zu hören sein würden.

Das Einhorn nickte. Es flüsterte: »Ich komme, wann immer ihr mich ruft. Aber nur, wenn ich will!«

Seine dunklen Augen glänzten.